萬聖嘉年華：

我的王者變公主?!

Novel 蒼漓 Illust touko

城主，種子隊隊長，是《創世記典Online》遊戲中唯一與真實性別相反的角色。過去高中時期遭受霸凌，有過一段黑歷史，後來透過遊戲而逐漸成長、放開心胸，也交到一群互相關懷的好朋友。

公關部，種子隊隊員。她是邵萱的妹妹，個性活潑、膽大自信，過去曾對邵萱的懦弱個性反感厭惡，但在經歷種種之後，現與邵萱成為經常分享秘密的好姐妹。

公關部，種子隊隊員，具有萬能工具組之稱。現實中是邵萱的鄰居大哥，一直很關心並照顧邵萱，卻遲遲不敢開口向她告白。

軍事部副統籌，殊死隊隊長。他沉默不多話，因黑暗的過去而對強者與弱者抱持著強烈的區隔想法；與邵萱有過一段糾葛，後來喜歡上她，卻踏不出告白的這一步。

四人皆為種子隊隊員。現實中，莫德柯爾是亞爾西斯的哥哥，蒂亞和莎娃蒂則是兩人的專屬女僕；在遊戲世界裡，槍雨和蒂亞這對夫妻檔總是不斷放閃，連性轉後在性格與體力大變之下，周身散發的粉紅泡泡依然刺激著眾人。

《創世記典OnlineⅡ幻魔降世》男主角，為了尋找妹妹碧琳說的寶物而進入遊戲中。戒心重、自尊心強、愛逞強的他，在遊戲中與各色人物接觸，從「妹妹是唯一」的世界中走了出來，學會珍惜自己、享受人生。

外形威風凜凜的獅獸人族，可惜一遇到扉空就成了耷拉著耳朵的病貓。樂天派的他現實生活中是知名的電影導演，相中科斯特的潛力，卻老是得不到科斯特的好臉色。

童星出身的薇薇安已是知名女影星，小時候與碧琳和科斯特有過一面之緣。在幫助科斯特度過難關、重新復出後，也開始進入遊戲世界中。似乎對科斯特有種異樣情愫。

在孤兒院成長的雙胞胎姐弟，因認識邵萱而進入遊戲，意外遇上扉空和伽米加，組成小隊開啟屬於他們的另一個遊戲人生！

從舊遊戲認識到新遊戲再相遇，這兩人的戀情終於修成正果！但是每到重要關頭總是意外出包的愛瑪尼，這次又會發生什麼搞笑事件？

CONTENTS

［公　測］

找樂子

《創世記典Online》——一款由名為「創世」的公司所開發的腦波線上虛擬冒險遊戲。不同於一般嚴謹的冒險遊戲，《創世記典Online》除了基本的打怪、升等、戰鬥等要素外，更有趣的地方在於遊戲裡的「出其不意」。

不知道是否為開發團隊惡意的搞怪，抑或者是想增加遊戲的有趣度，新手的武器種類相當趨近於生活化，舉凡蒼蠅拍、羽球拍、電玩搖桿、鍵盤、筆筒……等各式各樣你想得到、想不到的，統統都有。

若是武器像樣也就算了，偏偏是不像個樣，玩家們被這些武器惡整導致「痛哭流涕」的情況不在話下。

而在今天，創世開發團又再次進行了相當「重大」的討論會議，雖然說是討論會議，但其實只是遊戲的開發執行長柳方紀因深感最近的生活實在是過於無聊，想找點樂子做，而這些樂子的對象好死不死就是《創世記典Online》裡面的眾玩家們……

雖然其他同事也曾勸他說：「把怪物弄成動物園就算了，別在玩家身上動手動腳，小心某一天玩家會全體大反攻。」但柳方紀執行長心意已決，橫手一批，一副「朕旨不准違」的模樣，讓接過文件的黎俊世也只能翻白眼，無奈的走向機臺，和其他研究人員一起討論該修整哪部分的程式碼來達成文件上所要求的目標。

「方紀，適可而止，你是不是忘了你表妹也在『玩家』的行列裡？」張耀泉斜瞥了身旁悠閒喝茶的友人一眼，做出最後的善意提醒。

天知道那位小妹要是一上線看見這種措手不及的變化，脆弱的腦神經會不會就此崩壞。

「邵萱她現在可是擁有剛強的意志，這點小事才不放在眼裡，說不定還會挺熱衷的。」茶杯靠在脣前啜飲一口，清淡香氣，心曠神怡。好茶，真是好茶。柳方紀真心讚賞。

「別把你那位善良的表妹說得和你一般黑。老實說吧，方紀，我看你根本就只是想看你表妹變成『那樣子』，才故意設計這次的活動。」

「喔呦呦~我有那麼壞嗎？但我不否認那副模樣的邵萱一定會更加可愛。」

柳方紀鏡片下的眼瞇起笑，邪惡得像中古世紀正在製作魔藥的巫師，又無形中透露出屬於兄長的溺愛。

比起正對自己想像的人影樂不可支的柳方紀，張耀泉只能扶額嘆氣，暗暗祈禱邵萱小妹可以熬挺過來表哥這次的惡作劇，而不會因為這次的事件又重回那信心頹喪的年華。

【第一伺服器】

一切都從逆轉開始

黃昏的餘光將草坪染成褐橘色，十層樓高的建築分區架築，校園裡並沒有因為黃昏而減少人數，反倒換成了另一批學生零散而來。

日間部放學，接下來就是夜間部的生活。

身為A大日間部復健系二年級學生的莫邵萱拉了下左肩的側背包帶子，和身旁的一男一女邊聊天邊朝校門走去，話題不外乎就是今天課堂上教授所教導的課題，以及下禮拜能夠前往醫院實習體驗的興奮。

「日盼夜盼，總算等到了。當初就是因為A大都以A醫作為實習地，我才來報考的，這可是所有醫學生最夢寐以求的地方呢！」東澤柩雙手揹在腦後，腳步輕快的笑著說道。

熱烈期待，不可言喻。

「好好好，我們都知道你超級期待去A醫實習，你從一年級開始就喊這句喊了好幾百遍了。」在朋友間被暱稱為「米米」的索米美拉無奈的搖頭，蹲身撿起突然滾到腳邊的足球，鬆手一踢，黑白相間的球體呈現一道完美的拋物線，朝著遠處揮喊的人影飛去。

穿著足球隊制服的少年挺胸接下足球，大喊出道謝的話語，隨後抱著球跑回球場。

「喔喔，米米的球技真是足以媲美當今的黃金飛龍呢！」東澤柩五指併攏靠在眉梢，吹了聲口哨。

索米美拉拍了下洋裝的裙襬，朝少年吐了吐舌，「對啊，你學不來的特技。啊啊，還是邵萱好，不像你一嘴停不住。」

被身旁索米美拉突然一抱的莫邵萱嚇了一跳，隨後露出羞澀的淺笑。

「我有時也會多話多到很囉嗦的。」

「喔，是嘛？我可完全沒看過呢！該怎麼說呢……總覺得邵萱妳很知道什麼時候該說話，什麼時候又該保持安靜，總之就是……」

手指抵著下巴，索米美拉思考著該用哪個詞彙來總結，沒想到東澤柩早已想好結論，吐出四字。

「很守規矩。」

「對！就是很守規矩！難得我跟你想法相通。」

索米美拉挑眉看了一眼朝自己伸出左拳的東澤柩，幾秒後也伸出自己的右拳輕靠撞了一下，簡單的表示認同想法的慶祝。

「原來我……很守規矩嗎？」莫邵萱下意識的撫著脣，喃喃自語。

像是在處理什麼打得死緊的結頭，她的眉頭越皺越深。

發現自己的話引來友人複雜的思緒，索米美拉趕緊安撫道：「守規矩是一種說法啦！並不是說什麼遵守校規、乖乖好學生那種……就是很知道什麼時機該說什麼話！妳也知道東澤這傢伙常常口不擇言吧，因為很不會看時機，所以常常惹了一堆麻煩。」

被點名的當事人完全沒有任何不悅，反而聳肩，晃頭晃腦的附和：「是啊，不會看時機說話這一點我承認，不過我還是得說一句，我說的都是實話。」

他可不屑說謊，只不過在不符合時機點說出的實話常常會讓對方不爽罷了。

「總之，有好處也有壞處。其實都還是總歸那一句——」索米美拉將手搭在莫邵萱的肩上，拍了拍說：「都升上大二了，就放鬆一點吧，邵萱。別緊繃過頭了，有壞無益。」

「二度同意。」東澤柩認真一指，表示贊同，隨後將揹著的滑板拿下來放在地上，扠腰對著莫邵萱說道：「對待某些事情確實要認真，但對於不需要認真的事情也過於認真只會讓腦神經衰弱，其實日子過得開心最重要，這是我的人生座右銘。」

食指與中指併攏在眉前一晃，東澤柩做出今日的道別：「兩位小姐，回家的路上小心囉！有需要打手就 CALL 我電話——東澤柩，金刀一出，壞人立滅！當然，如果是要介紹女朋友給我，本人也相當樂意。」

「看看，就是沒一刻正經的。」

索米美拉的附耳話語惹來莫邵萱的輕笑。

索米美拉隨便揮了下手，但還是挺認真的道別：「好啦！你也路上小心，別隨便闖紅燈。」

「明天見，阿柩。」莫邵萱揮手道別。

「明天見囉！」東澤柩揮著手，踏上滑板，另一腳一蹬，漂亮的溜滑個弧形閃過進門的學生，離開校園。

目送東澤柩踏著滑板離去，索米美拉走到停靠在路邊的一輛黑色轎車前方，向莫邵萱做出道別，「那我也先回去了，邵萱妳回家路上小心喔。」

「好，明天見。」

街道上，人潮來來往往。

莫邵萱獨自一人步行回家。

其實她之前有想過要不要購買一臺浮空機車來當作交通工具，但想想學校距離家裡也不是多遠的路程，浮空機車的必要性其實不是那麼的大；她也有想過要不要買腳踏車，可是發現比起腳踏車，她好像更喜歡走路，雖然走路需要較長的時間，卻更有沉靜思考一些事情的空間，偶爾也可停駐腳步看看四周的商店。

因為結論如此，所以最後莫邵萱什麼交通工具都沒買，大學生活完全靠地捷車與步行。

街上的商家裝飾著各種南瓜圖騰的物品，吊燈、玩具，還可見到穿著女巫服飾的服務生在街上發放店家傳單。

「請參考看看呦～本店萬聖節套餐今日半價優惠，歡迎帶家人一起來品嘗。」

莫邵萱接過傳單，向對方說了聲「謝謝」，邊看著傳單繼續走著。

傳單上印著漂亮的餐點照片以及店家的特惠套餐，本來沒什麼心思的她都變得有點想帶家人來吃了。

「餐點也拍得太漂亮了吧，看起來很好吃的樣子。」

橘紅色的飯粒夾雜五彩的豆丁妝點，幾片蔬果薄丁裝飾在旁，白色的瓷盤襯托鮮明的色彩。除了炒飯，還有一盤小沙拉、雕刻鬼臉的南瓜盅濃湯、精緻小巧的蛋糕與布丁，以及一杯用櫻桃妝點的綠色飲品。餐點的背景則是鋪著蕾絲桌巾的桌面以及白色的歐式家具。

一客萬聖節套餐售價五百元，折半後是兩百五十元，算一算是挺便宜的。

被傳單上的精緻蛋糕吸去了目光，莫邵萱腦海裡也開始計算傳單上各類套餐的差價，一個不注意，額頭撞上一個黑物，突如其來的狀況讓莫邵萱腳步踉蹌的退了個三步才穩住差點摔倒的身子。

「對、對不起……」

一抬起頭，近在眼前的南瓜鬼頭讓莫邵萱的腦袋瞬間當機了幾秒，隨後回過神，眼睛眨了眨，往旁邊一望，熟悉的招牌讓莫邵萱將雙眼放回前方身穿死神黑服、手持鐮刀的南瓜人身上。

莫邵萱低頭看著自己右手的食指與中指，做成了V狀，然後往南瓜頭挖空的雙目筆直的戳去——

黑布下探出一隻手及時握住莫邵萱的手腕，V狀的雙指停在空目之前。

放開莫邵萱的手，南瓜死神脫下自己的南瓜頭，露出無奈苦笑的帥氣臉龐。

「晚安，昊群哥。」莫邵萱露出完美的笑容，彷彿剛剛出手插目的舉動只是虛幻一場。

「我還以為會看見妳驚嚇跌倒的樣子，沒想到會是這種反應。」這樣淡定的直接伸手朝人的眼睛插下去，可不像是莫邵萱會做的事情。

莫邵萱一愣，噗嗤一聲笑了，晃動剛剛差點成為凶器的雙指，解釋道：「之前看米米和阿柩在玩，想試試看。」

——妳同學到底是在玩些什麼遊戲！？

黎昊群突生出某種頗複雜的感覺。

「不過……是昊群哥不好吧？故意穿成這樣站在這邊。」

「今天是萬聖節，總得應景一下替店裡招生意。」

莫邵萱看了一眼那些繞道而行的路人，苦笑。她覺得這樣穿好像沒招到什麼生意，畢竟一個南瓜死神在入夜時分陰森森的站在店門口，整個就很詭異啊！

雖然是應景萬聖節，但也太……

「老爸準備的，我也沒辦法。」看起來黎昊群自己本人對這套服裝也很無奈。

「是伯父準備的？」莫邵萱垂下眉眼，嘆息道：「那就真的沒辦法了，但是至少南瓜頭別戴了吧，畢竟……看到臉總是比較好，對一些比較……纖細的人，在這種日子的衝擊力會比較小。」

有喜歡萬聖節這節日的人，當然也有怕鬼怪的人。

其實她並不是很喜歡這一類的東西，沒被嚇到只是因為知道那些是人扮成的，知道站在自己面前的是那位總是照顧自己的鄰居大哥。

若是真的見到那晃影般的虛幻物，她可是真的會被嚇到暈過去。

「我也這麼想，畢竟邵萱妳對那種東西完全沒轍。」把南瓜拿進店裡放好再走出來，黎昊群真心道歉：「剛剛沒嚇到妳吧？」

「一開始是有一點點，不過後來發現可能是昊群哥，就不覺得怕了。」

「怎麼看出來的？」

莫邵萱指著右方店鋪掛在二樓的招牌，「很明顯，麵包店，不是昊群哥的機率很小。」

這次換黎昊群笑了，伸手將莫邵萱稍亂的側髮撥至耳後，自然的動作讓莫邵萱當下也沒特別發現這樣的行為有何不妥，直到幾秒過後才意識到剛剛的互動似乎過於親暱，她稍稍用手撥了下剛才被觸碰的髮絲。

「先進來店裡。」

黎昊群一邊拉著莫邵萱的手走進麵包店，一邊說：「我中午做了個新口味的聖代，妳等一下，我去拿出來給妳嚐嚐。」

「不、不用……」

話還沒說完，黎昊群早已鑽進店內的廚房，莫邵萱只能尷尬的站在原地，左晃右擺的視線對上櫃檯處一臉笑咪咪的中年男子，乖順的打了招呼。

「伯父好。」

「好好好，今天這麼晚才放學？怎麼我家兒子早上去個兩小時就溜回來了？」

莫邵萱偏了一下頭，解釋回答：「科系排課不同吧。今天我們班的課表早上有兩堂課，下午上了兩堂課，但靠近中午的那段時間就完全是空檔，因為朋友約去吃飯，我就沒有回家休息了。」

黎永義點點頭，離開櫃檯繞到商品盛架前，仔細端詳了一下，最後從冷藏庫拿出一盒蜂蜜蛋糕回到櫃檯內。

他從架上拿下外盒，邊包裝邊說：「這盒拿回去當早餐吃。」

莫邵萱一愣，趕緊拒絕：「這、這怎麼行，這是伯父你們家的商品，我怎麼能收下！」

黎昊群偶爾就會做些餅乾、零食、蛋糕來送給她，現在要是又收下這盒蛋糕，感覺真的很不妥，她一直受他們恩惠卻沒能回報。

「這沒什麼，也不是什麼高檔禮品。」

放進紙袋的蛋糕遞到面前，莫邵萱感到不知所措，最後終於想出了個折衷辦法，她掏出錢包。

「不然看這蛋糕多少錢，我用買的好不好？」

「唉，都當鄰居這麼多年了還那麼生疏，平常我們昊群也讓你們家照顧了呀，一小盒蛋糕而已。」

「妳就收下吧，難得老爸直接送整盒的蛋糕。」端著一杯五彩聖代從廚房走出來的黎昊群笑著勸說。

這勸，倒惹來黎永義的不滿：「你這小子到底把我想得多摳門？還不是你動作慢吞吞，要不然哪輪得到我親自出馬做公關！」

「別在邵萱面前胡說了。」黎昊群皺眉碎唸了一聲，隨後換上笑容向莫邵萱遞出聖代與湯匙，「猜猜什麼口味？」

莫邵萱接過湯匙，色彩繽紛的旋轉尖塔上灑著糖豆，塔頂裝飾幾片薄餅與捲酥。糟糕，漂亮到她不知道該從哪裡下手……

左右觀察了一圈，莫邵萱找到了一個不會破壞美觀的地方挖了一小匙，橘色的冰淇淋入口。這綿密又甜甜的感覺是……

莫邵萱望著微笑的黎昊群，驚奇問：「南瓜？」

對於莫邵萱的正解，黎昊群感到相當滿意，轉著漂亮的聖代端看著說：「果然還是邵萱了解我，哪像老爸居然猜番茄醬。」

「你又不讓我吃一口，光看顏色當然只能猜番茄醬。」黎永義托著下巴，對莫邵萱嘆息道：「邵萱，妳可要多幫我跟昊群說說，新奇的玩意兒也得讓我們兩老嚐嚐吧？在讓妳吃到前護得跟什麼寶貝似的。他最聽妳的話了，比對我們更孝順。」

「都說了別跟邵萱說這些有的沒的。」黎昊群皺眉，瞪了自家父親一眼以表明自己被拆底細的不滿，隨後他拿起櫃檯上的紙袋遞給莫邵萱。

「這盒蛋糕妳就收下吧，還有這個聖代，我幫妳換個容器，讓妳帶回去吃。」

莫邵萱張嘴還沒說出一句話，黎昊群又非常迅速的鑽進廚房，等他再次出來時，玻璃容器已經換成一個厚紙盒，還附上冷藏包。

黎昊群將紙盒一起放進裝蛋糕的紙袋裡，接著塞進莫邵萱的懷裡。

「嗯……我看我還是送妳回家好了，晚上女孩子自己一個人不安全。」

「不、不用了，沒關係，也只是巷子這段路而已……謝謝你們的蛋糕和聖代，那、我先走了……」

雙眼才剛觸碰到黎昊群的視線，立刻又縮了開來，莫邵萱手足無措的撥了下頭髮塞到耳後，腳步略急的離開麵包店。若是仔細看，還可以看到她那微微發紅的耳根。

看著那遠走的背影，黎昊群沉默的思考著，喃喃道：「我是不是太心急了？」

一關上家門，莫邵萱才有心思去喘那從剛剛就憋著的幾口氣。

她就這樣直接跑走是不是不太禮貌？

不過……

想起剛剛黎伯父的打趣話語，她全身又開始不自在。

雖然她並不是沒有察覺到周遭那股已然變化的氣氛，但還是沒辦法讓自己順心適應，也許是自己過往沉溺於那低聲下氣的日子太久，現在能這樣獲得其他人喜愛，她總覺得有些不太真實，好幾次從睡夢中醒來，還會想說自己是不是依舊待在那痛苦不已的空間裡。

摸著自己的胸口，掌心下傳來略快的跳動頻率。

每次只要有所不安，她只能這樣感受自己跳動的心跳，反覆說著「我還在」的安慰。

背後的門板傳來開鎖聲，在莫邵萱反應不及之下突地打開，硬生生撞了那纖細的後背一下，莫邵萱趕緊伸手撐地，才沒讓自己跌得狼狽。

從門後探出頭的莫季萱看到莫邵萱趴在地上的慘樣，趕緊進屋扶起自家跌倒在地的姐姐，連連說聲抱歉。

「我以為沒人，妳怎麼站在這裡呢？剛剛撞那一下沒事吧？」

莫邵萱搖頭說：「沒事啦，也沒擦破皮……」

話一說完，莫邵萱發現自己剛剛還抱在手上的物品早不知道飛哪裡去了，她慌張一找，視線對上木質地板上兩個被摔出凹痕的紙盒——莫邵萱抓著臉，發出了人生中頭一次的驚慌慘叫。

廚房裡瀰漫著沉重的氣氛。

莫邵萱身上掛著無數條黑線，雙眼直盯著盤子中跟爛糊有得比的甜品，本來漂漂亮亮的聖代因為她的不小心，結果變成了這副模樣，她覺得好對不起昊群哥。

「看起來有點變樣……不過昊群哥做的甜點都是品質保證，我看還是快點把它吃完吧，不然會變得更可怕。吶，湯匙給妳。」

接過莫季萱遞來的湯匙，莫邵萱含淚開始挖著有些融化的冰淇淋來吃。

——昊群哥，真的非常對不起！

「哈哈哈！幹嘛吃得那麼愧疚啦！妳不說，我不說，昊群哥也不會知道他的冰淇淋變成這副模樣啊！」莫季萱挖起一匙冰淇淋吃下，含糊的說著：「真不錯吃，昊群哥的手藝真不是蓋的。」

「那……季萱，妳絕對不能說喔。」

她真的很不想讓那位心地好的大哥知道她竟然把他辛苦做出來的甜品打翻了。

莫季萱咬著湯匙，伸出三指筆直向天，朗聲道：「我保證，如果我說出去，王者出門就會被揍。」

莫邵萱險些沒把嘴裡的融冰噴出來。她眼神複雜的看著自家捧肚笑得開懷的妹妹，不滿的抗議道：「要是我出門真的被揍怎麼辦？」

「哎，『王者』才不可能那麼容易被揍，一出門就有人護著跑，還有伊瑞和伊莉充當擋箭牌，人家可沒有這種ＡＩ等級的高等保鑣呢。況且，就算沒人護衛，妳腰間的刀也不是掛好看的呀，連第五軍塔都攻破了，還有哪個不識相的敢來招惹？」

《創世記典Online》裡的團隊任務有分成各個等級，以最容易的Ｄ級到往上延伸的Ｃ、Ｂ、Ａ、Ｓ，和最困難複雜的ＳＳ特級任務，軍塔任務就被歸類在ＳＳ特級團隊任務裡。

軍塔任務是二代改版後推出的，各塊大陸各占三到五座軍塔，統計有二十三座軍塔，與一般任務不同的地方在於它不需要向官方機構或ＮＰＣ做任務申請，而是進入塔內就自動開啟任務。

每座軍塔皆有百層內樓，每樓擁有各自需要完成的任務，包括蒐集物品、攻打BOSS、智囊解謎……等等上百種不重複的任務。當該樓層任務完成，才能解鎖前往上個樓層的通道，完成百個任務才算成功攻下軍塔。

軍塔裡地勢險惡，有些是必須靠攀爬才能通過的山谷，有些更是鏤空跳層的宇宙，更有必須逆游而上的池谷瀑布，誰能想到一個樓層居然搞得跟冒險奇兵一樣！也因為這些完全跳脫邏輯思考的詭異地形，讓軍塔變成難以攻破的任務，而就算成功攻破，也已過了百餘日。

第五軍塔位於北方大陸，一開始他們也只是剛好因為任務而跑去北大陸，誰知道最後居然誤入軍塔變成了攻塔戰，又意外的靠著團隊合作與運氣成功破塔，讓夢幻城的名聲更上層樓。雖然是始料未及，但以結果來說，至少證明了大家還是有點料子的。

「那是大家同心協力。」莫邵萱實話實說。若是光靠她一人，也沒辦法做到。

「至少妳在智力關卡挺強的，BOSS也撂倒了不少隻。」莫季萱吃掉最後一口冰淇淋，順便收過莫邵萱手上的湯匙與盤子拿到洗手檯清洗。

莫邵萱拿來抹布擦拭桌面。

「對了，今天《創世》是十一點開機，官網說更新了萬聖節主題活動和一些新舊任務。妳想，那個主題活動會是什麼？」

「以表哥的個性……」莫邵萱沉默的思考了一會兒，遲疑道：「可能一上線就看見滿天的蝙蝠和女巫吧，說不定還會看見大象穿著巫師裝在煉製魔藥。」

柳方紀一出手，世界會瞬間顛翻一百八十度。若不弄些怪異的東西，他會全身不舒服。

莫季萱發出氣音的笑，晃了晃手，「有可能、有可能！萬聖節主題活動嘛……說不定街上還會多出許多動物木乃伊和阿飄。」

雖然那畫面說驚悚是驚悚，想想也挺好玩的，只不過……

「這樣的話，我只能待在城堡裡到活動結束了。」莫邵萱苦著一張臉，拿著抹布到洗手檯搓洗。

——她家還有個怕阿飄的老姐啊。

莫季萱搖頭苦笑。

「哎呦，那也只是遊戲程式寫出來的嘛，又不是真的……嗯，不過猜是這樣猜，但真實情況也要等進到《創世》後才能知道活動的主要內容，說不定鬼怪什麼的都沒有，頂多就是多了些南瓜燈。」莫季萱聳聳肩，試圖做出安撫。

好在莫邵萱也不是很想繼續針對這個話題，只能接受莫季萱的話語來當作心靈慰藉，再不然，至少上線前先做好心理準備，才不至於被那些奇奇怪怪的玩意兒嚇到失魂。

——只是表哥他……怎麼想都不會那麼簡單就放過可以惡整人的機會呀……

晚上十點半，莫邵萱停下手上正在書寫的原子筆，將厚重的書本放回前方的書架上，然後爬上床鋪。

戴上黑色電子手錶與鑲著液晶板的護目鏡，莫邵萱關上電燈，躺在床鋪上等待遊戲開機的時間到來。

月光灑落進黑色的房間內，隨著時鐘上的數字變轉，十一點到來，手腕上的手錶也跟著閃爍著小點綠光，在閃到第十二下時，錶面原本顯示的時間與天氣被「Game Start!」一詞所取代……

黑沉寧靜的思緒突然漾起白光，宛如銀河的星空隧道，視野穿過無數的星辰，降落在一片砌琢光滑的地面，從地面的倒影，依稀可見那是一名身穿紅色服飾的銀髮人影。

「王者。」

身後傳來一聲喊。

進入《創世記典Online》後，莫邵萱擁有另一個身分——夢幻城的城主「王者」，同時也是一名道道地地的少年。

好吧，其實這男兒身有點像是作弊來的，但也因為如此，讓他度過了那段差點想要放棄活著的痛苦日子。現在回想起來，他其實很感謝擅自將他的角色性轉、又取了這個看似囂張的遊戲ＩＤ的耀泉大哥——耀泉大哥會那麼做，也只是想和表哥一起保護他而已。

套一句當時耀泉大哥說的話：「比起女生，男生比較不容易被人找麻煩。」

王者看著朝自己走來、身穿白服的精靈劍士，訝異道：「雷皇？你今天意外準時耶！」

王者與雷皇是高中同班同學，雖然彼此經歷過不太愉快的相處，但最後卻變成了摯友，這比任何事情都要來得令人開心。

更巧的是，現在雷皇也和王者一起就讀Ａ大，不過科系並不相同。雷皇讀的是心理系，平常都花很多時間在背讀課本，常常拖到現實的十二點過後、也就是遊戲裡相約的一天後才會出現。

沒想到今天雷皇竟然在遊戲開機時就率先登入，讓王者大感意外。

「該讀的背的都差不多了，今天也剛完成報告，想放鬆一下就先上來了。」

看著那雙透出呆氣的紅眼，雷皇忍不住用手指彈了一下對方的額頭。

王者不明所以的摸揉著額頭。

雷皇難得好笑的說：「幹嘛一臉呆呆的，好像我不能早到。」

「我才沒有這麼說。」王者皺眉嘟囔：「只是之前常常晚到，突然一次早到，當然會讓人覺得意外。我本來以為是日天君會先到，畢竟他是最準時的。」

雷皇張開的嘴本要說些什麼，但最後終究只能罷口。他沉默的看著正在拆解髮束、重綁馬尾的王者。

「要我幫忙嗎？」

「呃、不用了，我自己可以。」

三兩下就俐落綁好馬尾的王者梳了一下瀏海，一抬眼便看見表情有些怪異的雷皇，就好像……那種排隊排很久卻買不到雞排的失望表情。

王者用食指搔搔自己的臉，他想詢問雷皇，但直覺卻告訴他有些話還是別問的好，最後他只能將納悶吞回肚子，轉而在大廳閒晃等待其他人上線。

從地上的影子，王者看見了不規則的陰影像是下雪般落下，他朝拱形的門口一望，雙目瞪大。

王者興奮的拉著雷皇跑向門口，雙手做捧物狀接下從天上掉下的物體——雙色捲彩的棒棒糖和幾顆包裝精緻的糖果、巧克力。

沒被手掌接到的糖果一接觸地面，就像是水珠般變成散開的粒子消逝，不留痕跡。

原來表哥說的活動是這個啊！如果是滿天的糖果雨他絕對沒問題，還會很開心的跑到大街上玩。

「好像玩家接到的糖果就不會消失呢！」王者將數顆糖果捧到雷皇面前，任君挑選般的問道：「雷皇，你要吃牛奶糖還是巧克力？」

漂亮的紅眼有著璀璨的光輝。

雷皇露出微笑。他拿起一顆用白色包裝紙包裹的糖果，晃著道：「就牛奶糖吧，巧克力太甜了。」

「你不喜歡巧克力？」

「苦的還能，但看這包裝和味道，應該是很甜的那一種。」

王者愣愣的點頭，順便在心中的筆記本裡記下一筆，以後送雷皇禮物可得避開甜膩膩的巧克力才行。

「我的話就喜歡中間有包核桃的甜巧克力，不過不是很甜的那種，大概位於中間值，畢竟太甜也不好，吃多了會膩。」王者將糖果收進裝備欄，留下一顆花朵狀的巧克力，打開包裝放進嘴裡，抿了幾秒，他挑眉結論：「可以接受的甜！」

雷皇笑著解開糖果紙，拿起純白的圓球放進嘴裡，一樣下了結論：「不算難吃。」

王者噗嗤一聲，搖頭笑了，「要是難吃的話會被玩家抗議吧。」

正當兩人邊吃著糖果、邊觀賞糖果雨時，幾道腳步聲也開始紛紛出現在大廳，王者順聲一望，朝著剛上線的其他人打著招呼，邁步跑向眾人所在的方向，卻沒發現身後的人垂下了原本上揚的唇角。

雷皇吞下牛奶糖，不著痕跡的掩飾剛剛一瞬間露出微妙變化的表情，跟著走向人群。

「你們今天比雷皇還要晚上線呢，雷皇是第一名。」

「嘿，才差個幾分鐘而已。」槍雨單手摟著蒂亞，低聲輕喃：「誰叫蒂亞泡的飲品那麼好喝，忍不住就多喝幾杯，結果遲了時間。」

蒂亞羞怯的低下頭，放在腹前的雙手有些緊張的扳著拇指，「大少爺……」

「啊啊，又來了。」

貝貝拉拿著網子不耐煩的網掉兩人頭上浮現的粉紅雲團，但就在看見靜電上線的那一刻，她立刻收起網子，面帶笑容，踩著高跟鞋優雅的朝著靜電走去。

「喔喔喔！這邊也開始了呢！」嫩B五指併攏靠在額頭看去，一臉有趣的模樣。當旁觀者就是這樣，樂趣多多。

相較於開始準備拓展男女關係的貝貝拉這方，眾人也各自分散開來，有的等隊員上線準備組隊解任務，有的則是開始閒聊，有些更直接抓出篩網跑到城堡外面去接糖果雨。

「雷皇，晚安。」雖然遊戲裡目前是白天，但就現實而言卻是夜晚，日天君如同往常打著招呼。

掛著的笑臉依然和煦，就算再怎麼想提起敵意也會讓人提不起，難怪王者會那麼喜歡待在他身邊。

雷皇點點頭，輕聲回應：「晚安，日天君。」

日天君笑了笑，視線望向門外的糖果雨，「官方說的萬聖節主題活動就是這個？」

王者聳肩，「應該是吧。」

剛剛在外面也沒看見有什麼奇特的東西，頂多天空是真的有一小群蝙蝠在女巫的帶領下飛來飛去。

「那還真是和平的主題活動。」

看著苦笑的日天君，王者也知道他指的是什麼。以表哥的個性，再照前例來看，這樣的糖果雨實在是太「和平」了，和平到讓人很懷疑對方是否真的這麼溫馴。

「可能表哥想放鬆一次，不想太為難大家吧。」

「如果真的是這樣那就好了。」

這樣大家也可以鬆一口氣，不會再被什麼突發事件嚇到，像上次中秋節開發團就弄出了雞群屠城的戲碼，搞得大家人仰馬翻。

「這樣和平也好，至少不用頭痛想著該如何解決突發事件。」

「王者少爺。」

王者望向突然喚聲的蒂亞。

「蒂亞先去準備今天的餐點了，因為是萬聖節，所以會多花點時間準備甜點，等準備好之後，再請大家上來品嘗。」

「嗯，可以幫我多準備布丁嗎？我喜歡蒂亞妳親手做的布丁。」

面對要求，蒂亞毫不猶豫的答應。

「就知道蒂亞最好了。」

王者的燦爛笑容讓蒂亞突然紅了臉，支支吾吾的拉著莎娃蒂就要走上梯階，誰知道急慌的腳步卻讓蒂亞踢中臺階，一個不平衡，在莎娃蒂來不及反應的錯愕下往後跌坐在地。

「蒂亞！？」王者趕緊上前。

遠處的槍雨閉起與嫩B拌吵的嘴，趕緊朝這方向跑來，沒想到此時，突然憑空「砰」的一聲炸響，一陣煙霧立刻擴散開來，逐漸瀰漫包住了蒂亞全身。等到煙霧散去、王者和槍雨跑到蒂亞身旁正要扶起人時，才發現某處不對勁。

黑色的女僕服飾變成同樣色系的執事服，本來及肩的黑髮變成了至耳後的短翹，就連擁有傲人雙峰的胸口都變得平板無形。

王者才剛露出錯愕的表情，四周的人也開始紛紛炸出與剛剛在蒂亞身上出現的相同煙霧。不好的預感湧上心頭，在煙霧消失後，他果不其然看見眾人的重大轉變——

變成穿著白色旗袍的長髮女子，顫抖著雙手摸上自己胸前突然長出的兩團肉，整個人陷入呆滯與錯愕。

更遠處變成身著紅色舞服的少年，更是摸著自己平坦的胸口及被褲管包住的腿部，惡狠狠的對天發言：「就知道表哥你沒安好心——！」

眼睛落在前方不遠處，一樣出現胸部曲線與腰身的日天君與雷皇，王者突然不知道該將視線放哪了。

穿著胸甲型的女性騎士服裝的雷皇倒還好，但日天君的胸部可是跟之前的蒂亞有得比，更別說原本的男性泰拳服飾變成了小可愛與紅色低腰褲，漂亮的水蛇腰身連現實的女性都比不上。

一瞬間，在場人士男變女、女變男，重大的轉變讓王者出現當機的傾向，最後腦袋裡好像傳出了什麼東西斷掉的聲音，「叭嘰」一下，小小聲的。

慌張的摸著自己依然平板的胸部，王者鬆了一口氣，但隨即接觸到眾人驚慌的目光，掩著面，王者不知道該用什麼樣的表情來面對這突如其來、措手不及的世界。

「果然還是變成這樣……」

王者的心情真的真的很複雜。

[第二伺服器]

主題活動可不是人人都能承受的

廣大的廳殿裡，人聲吵雜。人群散落一團又一團，吱吱喳喳的討論自身突如其來的重大轉變，有慌張失措，也有興奮樂趣，更有人打開褲子看了一眼，直接跪地痛哭了出來。

在場唯一沒被變性、還維持男兒身的王者坐在階梯上，十指相互交叉靠在脣前，死目的看著前方被萬聖節主題活動轉了性別的男男女女。

「其實看久了也沒什麼不好，比起女生，活動起來更自在呢！」已經坦然接受事實變成男性的貝貝拉抓了下變短的髮絲，左手「喝哈」的出了一拳，再來個掃堂腿，俐落的動作讓他露出愉悅的表情，雖然挺遺憾胸部縮水了，但是動作起來更俐落，就優缺點來說，算是相互打平。

相較於一臉興奮的貝貝拉，蒂亞則是摸著自己扁平的胸口和臀部，發抖著，眼淚已經在眼眶囤積，隨時都有墜下的傾向。

「蒂、蒂亞竟然變成這個樣子，身體居、居然……大少爺不會喜歡蒂亞這個樣子……」

平常槍雨抱著他都會說「蒂亞的身體很軟很香很好摸」，但是現在這副硬梆梆的身體，大少爺一定會變得很討厭他，完全不想抱他了啦……

他想著想著，眼淚最後還是承受不住重量，稀哩嘩啦的往下落。就算身體變成男性，但情感還是一樣脆弱。

纖細的手指抬起那梨花帶淚的臉龐，白色袖巾輕柔擦拭掉滾下的珠淚，富含女性韻味的臉映入模糊的視線裡，突地一拉，蒂亞的臉頰靠上對方柔軟的胸口，與記憶中完全不符的女性音嗓流入耳膜。

「你又沒有問過我，怎麼能自己下定論？不管你變成什麼樣子，我都喜歡。況且你看，我也沒逃過啊……」說到此處，像是觸動什麼自殺地雷似的，槍雨突然一臉死黑的抱著頭蹲下，咬緊牙才沒讓自己發出失態的哀號，也因為那完全的男性蹲姿，讓旗袍的開衩處依稀可見性感的黑色蕾絲褲尾。

搓揉著柔軟的胸部，槍雨一臉恐懼道：「胸口這團肉到底是怎麼回事！還有這該死的S形腰身！我的重要寶貝兒也不見了，這樣我還有什麼理由能去疼愛蒂亞啦——唔嗯！」用力咬脣忍住差點吐出的哀號，槍雨憤恨搥地。

看起來平時面對大風大浪也面不改色的人，其實神經的脆弱程度比一般人更淒慘。

蒂亞趕緊跪在槍雨身旁，努力安慰道：「不管大少爺變成什麼樣子，蒂亞都很喜歡妳，所、所以，不要這樣……」

槍雨吸吸鼻子，撇了撇嘴，問：「真的嗎？」

原本剛毅的線條變得柔和，眼角還有嫵媚的妝影，連嘴脣都沾上朱紅色調的脣彩，還有那修長的白腿，尤其是那雙含有淺淺憂鬱的鳳眼……

好、好奇怪，為什麼看見這樣的大少爺，他就有種奇怪的感覺在身體裡竄？像是有東西癢癢的在心頭搔著，現在的大少爺看起來好……好……好性感？

在蒂亞察覺之前，身體自己搶先做出了行動——用力的抱住槍雨。

發現自己做了踰矩事情之後，比起那不該擅自對主人做出此等行為的罪惡感，蒂亞反而讓自己選擇大膽的前行，抱著不放。要是平常，他絕對不敢這樣的，變成男生的自己也許……不是那麼的讓人討厭。

槍雨愣了愣，也沒推開蒂亞，只是舉起了手放在對方的背部上安撫的摸著。

雖然換了性別，但是主僕倆依然相親相愛。

至於另一角落，穿著暴力熊披風，短褲變成小短裙的嫩B抓著自己多出的雙邊捲馬尾，一臉陰沉的瞪著圍著自己興奮摸捏的「男性」。

「我就說嫩B要是女生該有多好，根本就是個卡哇伊蘿莉嘛！」

「看看這短裙還有這粉撲撲的臉頰，啊——小酒窩好可愛！萌死人了！」

「嫩B，叫聲哥哥來聽聽，快、快叫叫看！」

「啊啊啊啊煩死人了——！」受不了那群已經自稱為哥哥的變態又捏又抱，嫩B胡亂吼了聲，推開人群，大步奔開逃跑，也不顧自己那輕飄飄的短裙完全順風露餡，白色底褲若隱若現。

「啊啊，嫩B你別跑啊！叫聲哥哥，就叫一聲來聽聽嘛！」

身後一群人雙眼發光的追著，如同餓虎撲羊，誓言不死不休，讓轉頭看望的嫩B頭一次嚇到臉都發白了。

她的腳絕對不能停下來，這一停，難保不會連衣服都被這群變態扒了！

但短短的雙腿和因為性轉而減弱的戰力，根本比不上那群腳長比他多出一倍半、又擁有男性之姿的生物，眼見那群人就要追上來，嫩B只能胡亂竄，直到一掌手刀直接從旁攔劫她的腰身。

嫩B看到自己突然離地半腿高，抬頭一望，將自己挾帶在腰身的是一名身穿執事服裝的男子，至肩的紫色短髮半邊被髮夾穩穩的夾在側邊，透出冷酷帥意的臉龐隱隱看得出之前還身為女性時的影子。

「各位的行動已經造成少爺困擾了，請停止吧。」原本該是女性的嗓音變得有些偏低。

「別這樣嘛，莎娃蒂，你看嫩B現在這麼可愛，變回來之後可就沒得捏了。你應該也很想捏捏看吧？就別那麼嚴謹，成全我們這些『兄弟』吧！」身穿武甲服裝的男子露出言情小說裡的地痞流氓才有的猥褻表情，搓了搓手。

「……瑪莉，請別因為官方的惡作劇就讓自己露出這種令人作嘔的表情。」

瑪莉咋了舌，猥瑣表情一縮，撇了撇嘴，「人家只是想試試看而已。倒是莎娃蒂你變成男生之後，說話也太直接了吧。」

「我認為我和平常無異。」

面對那死板的表情，一群人就像魚骨頭鯁在喉嚨，吞也吞不進，吐也吐不出，但為了這百年難得一見的奇景，為了能夠如願抓到蘿莉，一行人也只能硬著頭皮死瞪著前方的執事。

「對了，剛剛你說你們是『兄弟』對吧？」

突如其來的問話讓眾人一愣。

莎娃蒂將嫩B放回地上，拉了拉手上的白手套，眼露凶光。

「既然不是女性，那麼就不用手下留情。」

還沒意識到那句狠戾話語背後的意思，只來得及聽見耳邊傳來毆打的悶音，不過幾秒，原本對嫩B有非分之想的人士全數被放倒在地，暈頭轉目見周公去了。

雖然莎娃蒂的身手嫩B很清楚，但這可是她第一次看見莎娃蒂如此直接的出手，平常莎娃蒂可不會這樣啊！

高挑的身影走到嫩B身前，單膝一跪，莎娃蒂輕輕的整理好嫩B凌亂的領口與裙襬，細心囑咐：「少爺，在變回原性別之前，請小心。」

說完，莎娃蒂的目光朝旁冷冽一掃，原本從四面八方射來的視線瞬間縮回。

——總覺得現在的莎娃蒂頗不好惹啊……

原本也想加入疼愛嫩B行列的人暗暗慶幸自己剛才沒有白目到跟著玩，不然現在那堆人屍中躺著的就有他們了。

「可惜伊朵晚點才能上線，沒能看見這些精采節目。」語畢，貝貝拉將目光從莎娃蒂身上移開，邁步走到中央團聚一群人的地盤裡。

臉部變成柔和女性的靜電一如既往，優雅的安慰抓著她嚎啕大哭的蕭風。

波浪短髮的艷火不滿的摸著自己的胸口，再看看哭得難看的蕭風，不屑的哼了一聲。

羽蓮盟唯一在場的哇沙米似乎對自己的男性新造型很滿意，開心的拍動翅膀飛出城堡，不知道是不是去找其他夥伴了。

一些被變成女性的「男性」垂淚痛哭自己的寶貝飛不見了，一些則是摸著自己胸部多出的肉團發出詭異的笑聲。

而另一邊，是一臉不知道該做出何種反應的日天君與雷皇。

「哇塞，君哥，我真是太小看妳了。」貝貝拉摸著下巴打量日天君那波濤洶湧的胸型曲線，嘴角上揚，扔下一句「借我摸摸看！」就伸出狼爪。

「貝貝拉！？」聽見自己轉為高調的嗓音，日天君差點沒咬掉自己的舌頭，一臉漲紅。

「借摸一下而已，剛剛我也有啊，只不過現在被表哥變走了。不過，真不是我要說，這觸感也太好了吧！水蛇腰也借我摸一下。」

話一出，日天君二話不說立刻雙手抱著腰部閃了邊。

「女、女孩子別這樣！」

「我現在可是道道地地的『男人』喔。」貝貝拉樂得笑了，眼神一瞥瞥到旁邊的雷皇，看著那被胸甲包攏的曲線，伸出食指提議：「雷皇妳也讓我摸摸看好了……」

「恕我拒絕。」

——誒，這麼冷淡！既然不給摸，那好吧……

「王者，坐在那裡做什麼？過來這裡啊！就算只有你一個人逃過一劫，也是可以一起過來討論。來嘛～摸摸看，觸感超好的！」

看著遠處向自己歡樂招手的貝貝拉，以及一臉複雜的日天君及雷皇，王者直接將臉埋進雙掌裡，打算眼不見為淨。

誰能告訴他貝貝拉為什麼變得這麼大膽？雖然以前就是很膽大，但是並沒有到這種直接大剌剌招呼人「一起來摸胸！」的話都能說出口的地步啊！

也許等他數到三再抬起頭時就能看見一切恢復原狀，這只是伺服器因為流量過大而出現的小BUG……

「我看我先回房間去好了。」

對，沒錯，等他睡一覺醒來就能看見一切變回正常，世界依然美好。

「喂！王者，你這樣就走了喔？真的不摸摸看嗎？胸、部──」

王者捂住耳朵，慌張的跑上階梯，面紅耳赤的扔下一句話：「才不要！」

隨後王者三步併兩步的跑上樓，耳邊依稀可聽見貝貝拉和一些人越來越小的笑聲。

煩躁的回到自己的房門前，王者扒了扒髮，綁得整齊的頭髮又變得散亂了，王者煩躁的拆下髮帶纏繞在手上，打開門進到房內。

朝著右手銀鐲上的寶石一點，王者查詢了下官方的資訊，發現這主題活動的時效是現實世界的三天，以他能進入遊戲的時間來算，他還有大約十天的時間才能看見日天君他們變回原樣。

「居然還有十天……」

「叩、叩。」

敲門聲傳來，王者關掉面板打開房門，但就在看見佇立於門外的兩道身影時，瞬間又撇開視線。

怎麼日天君和雷皇會跑來找他呢？

「王者，我們能談談嗎？」

纖細的嗓音讓王者的表情出現微妙的變化，他咬著下脣，問：「要談什麼？」

頭頂傳來嘆息，日天君的語氣壓抑中帶著無奈：「我知道我們這……這個變化讓你不習慣，但這也不是我們能控制的，我不知道現在你到底是怎麼想，但能不能……能不能不要躲著我們？」

沒想到日天君會說出這番話，王者遲疑道：「我……不是躲著妳們……」

「但你從剛剛就沒正眼看過我們。」

雷皇不悅的語氣讓王者皺起眉頭，他懊惱的扒了下髮，直接抓著兩人的手腕將她們拉進房裡，腳步停在落地鏡前，王者指著鏡子，認真道：「妳們自己看看妳們變成什麼樣子。」

日天君和雷皇互看了一眼，深吸一口氣，望向鏡中的身影。

雖然早有心理準備，但沒想到顯現出來的倒影會是如此的「女性」。真的比女性還要女性。

不只頭髮變成及腰長髮，連臉蛋都有了嫵媚的線條，嘴脣也擅自多上了蜜色的脣彩。

雖然被衣服遮住，但雷皇還是可以看見那隆起一個弧度的胸型與腰身，更別說日天君那只有靠小可愛遮掩、足足是他兩倍的胸部。

王者瞥了眼日天君和雷皇的表情變化，鑽進兩人的中間站著，比了比，說道：「妳們只有性別和外觀改變，但是身高卻沒改變，我比妳們矮了點，要是不抬頭的話，我的眼睛就只能放在……上面。」

王者說得隱諱，但日天君和雷皇被這樣一點才發現，她們因為王者像是躲避的行為而跑來質問的行動更加不妥。簡單來說，王者就是不想一直盯著她們的胸部瞧，才不知道要怎麼面對她們——因為身高。

發現真相後，這下子換成日天君和雷皇掩著紅通通的臉撇開頭，不敢去看王者，但這副模樣卻無形中散發出女人的扭捏姿態。

王者實在很想提醒她們，但為了自己的性命著想，還是決定忽略，反正這十天他就是要忽略她們已經被變性的事實才能安好度日，不然每天面對……咳！真的頗尷尬的。

「不過大家都性轉了，卻只有我沒轉，這是挺奇怪的。」

日天君輕咳了聲，臉上的紅潮比剛剛淺了些。

「這樣一說……也許是用現實的性別來做依據，讓玩家轉換性別吧，畢竟你是特例。」

現實是女性，遊戲裡卻是男角色，這裡的其他玩家都是按照現實性別在創角，如果是用現實性別來做依據，那王者就算轉了性別還是男性，便沒什麼好爭論的了。

「反正逃過一劫剛剛好，暫且就當表哥放我一馬，不讓我麻煩。」王者滿意的對著鏡子撥了一下瀏海。

畢竟如果他變成女性的樣貌，那就跟現實一樣了吧，總覺得在遊戲裡會變得很不自在。

「嗡嗚啪啪……」

突然，像是蒼蠅翅膀拍動般的聲音傳進耳裡，王者四處張望，詢問身後的兩人：「妳們有聽到嗎？」

「什麼？」

王者掀開窗簾正要看向窗外，皺眉道：「好像房間裡有蒼蠅，剛剛聽到了聲音……」

——等一下，遊戲裡會有蒼蠅嗎？

——如果是打怪區就算了，但是城堡的房間裡應該不會有吧，那種蚊子、蒼蠅的東西……總覺得有種很不妙的感覺。

王者回頭，看見日天君突然嘆氣，露出一副「你多保重」的表情。

雷皇眨了眨眼，指著自己的耳朵無奈道：「像是蒼蠅飛動的雜音對吧？我剛剛也聽過，就在變性之前。」

話一說完，在王者錯愕的表情下，白色煙霧也從周身憑空炸開，霧氣包裹住王者全身，只見銀白的髮絲垂地，開始像是有生命般的生長堆積；在霧氣散開之後，原本還存有硬線條的身形變成完全的柔和曲線。

王者咳了幾聲，在房裡其他兩人尷尬的目光下，顫抖的伸手觸摸自己的臉，摸摸鼻子、摸摸嘴，最後將手放在自己稍稍隆起的胸口，隨即轉頭面對鏡子猛盯。粗喘了幾口氣後，王者也發現自己腳邊堆疊的頭髮，從自己的頭皮延伸，髮尾竟然長到房門外不知何處去。

「啪！」

一聲很大很大的斷裂聲在腦海裡響起，王者覺得自己的頭好痛，煩躁的痛，但是比起痛罵表哥的惡作劇，現在當務之急是毀屍滅跡！想起剛才貝貝拉對待日天君的態度，難保貝貝拉看見現在這副樣貌的「她」不會上下其手！

——裝病吧！就裝病吧！

王者趕緊蹲在地上拚命拉著延伸到門外的髮尾，拉了幾下發現尾端竟然還沒進房，手腳慌亂的王者只能向旁邊的兩人求救，收到指令的日天君和雷皇也馬上蹲下幫忙捲收那長到可怕的銀髮。

三人奮力捲啊捲、拉啊拉，以為就要完整收線時，頭髮突然不知何故無法拉動。用力扯了幾下，還是沒辦法，王者悶著臉順著頭髮的方向邊走邊收，直到門口處，一雙紅到發亮的皮舞鞋進入眼裡。

王者緩緩抬起頭，貝貝拉發閃的笑容映入眼簾。

王者發出無聲慘叫，連收髮都顧不得，轉身就往房裡跑，但跑沒兩步就被散亂在地的髮堆勾到腳，一個踉蹌，用著極度狼狽的姿勢往地面撲倒，而要救人的日天君及雷皇則是悲哀的被一起壓倒在地，三人跌得相當淒慘。

▲▲▲◎▼▼▼

銀色的長髮像是蛇身般的圈捲在腳邊，堆疊到幾乎有五十公分高，整條拉長說不定都可以通到城堡門口了。

銀髮的主人坐在床邊，雙手掩面，垂肩頹喪，周遭的空氣像是被隔絕出一小角的陰暗。

「喔喔，沒想到王者也沒逃過，歡迎加入性轉行列！」嫩B彈了一下手指，笑得天真無邪，但不難聽出對於最後無人可倖免於難的幸災樂禍。畢竟自己都被變成蘿莉了，看見有人逃過一劫實在會心理不平衡，雖然那個人是性別特例分子。

「其實習慣之後倒還好，何況妳本來就是女生，應該也沒什習不習慣的問題。」靠在門口的槍雨欣賞自己變得纖細的手指，拉了下領口，走向蒂亞，但也因為旗袍與跟鞋的關係，走起路來拐來拐去的，完完整整就是一名扭腰擺臀的靚麗女子，只不過走沒幾步就因為莫名原因而腳滑摔倒，側身跌坐。

「我看習慣的是你才對！跌也跌得這麼像女人……要是不說，還真沒人認出你是莫德柯爾。」嫩B不屑的挑眉，落井下石。

「又不是我想跌，誰知道變了這身衣服後，難走得要死。」槍雨惡狠狠的瞪了自家「妹妹」一眼，在蒂亞的攙扶下又爬又抓的重新站起。

「而且連蒂亞和莎娃蒂的廚藝都退步了，這下子就不能吃到萬聖節甜點了。」貝貝拉扶額嘆氣。

回想起剛剛因為聽見亂七八糟的雜音而跑去廚房所見到的慘況：翻倒的麵粉、冒煙的烤箱、摔破的碗盤……那幾乎可以用世界大戰來形容了。

平常這兩位女僕可不會讓這種情形發生，總結下來，大概就是性轉之後跟隨而來的一些自身優缺點也一起轉換了。

「實在是相當抱歉。」莎娃蒂彎腰鞠躬，自認錯誤。畢竟這種事情可是專業的侍從絕不容許發生的。

「蒂、蒂亞也是，不能好好的為大家準備餐點，這、這樣的蒂亞真的太沒用了……」說沒幾句，蒂亞再度熱淚盈眶，只能讓槍雨抱著安撫去了。

「嘛嘛～以前都是蒂亞和莎娃蒂負責餐點，這次就當成休息幾天，反正城裡也有一堆餐館，吃東西不成問題啦！」貝貝拉坦然的拍了拍蒂亞的肩膀安慰著，隨後視線落回床邊正在逃避現實的人影身上，樂呵呵說道：「如果王者用現實性別創立角色，就是這種感覺吧。」

「拜託，貝貝拉，我頭很痛……」

王者鬆開手，哀怨的揉著額頭。

帶著血瞳的臉龐沒有王者的冷酷，反而是莫邵萱的柔感，感覺起來就像是水一樣，尤其是那長到幾乎可以當繩梯的銀髮……對了，不是有部童話故事的主角是位長髮的公主嘛！雖然不知道表哥是怎麼把她的頭髮弄成這副樣子，但感覺挺好玩的。

何況現在的性轉對她來說不過是恢復本來應該的正常狀態，有必要一副天塌的模樣嗎？

貝貝拉覺得好笑，但他也不是個會讓天賜的良機隨便溜走的人。只見貝貝拉突然離開房間，等到再度回來時，手上已經多出了一件鵝黃色的削肩禮服，還一臉笑咪咪的逼近到王者面前。

不用多想，王者也知道貝貝拉想幹什麼，她二話不說直接落跑，只是才剛跑第一步就差點被自己的髮堆絆倒……但為了捍衛自身最後的防線，王者還是死命的爬著躲到離自己最近的雷皇身後，推著雷皇上前當肉盾。

「其實呢，我一直想看看『姐姐』穿上這件禮服的樣子，剛好現在有這個好機會，不如就換上吧，我想一定會很好看的。還是說，雷皇妳想換？」

「寧死不屈。」狠狠吐出四個字，雷皇簡單明瞭的表態。要她穿裙子，沒門！除非把她砍了。

「那日天君……？」

日天君摸摸鼻子，默默的轉身摸耳朵去。

「所以我說王者才是最適合的人選嘛～換一下又不會死人，皮也不會剝下一層啊～」

「我才不要！」

「換一下而已，況且在現實妳又不是沒穿過裙子，制服從小穿到大，之前和朋友去吃飯我也借過洋裝給妳穿啊，好不容易有這個好機會，妳看，現實世界賣得超級貴的漂亮洋裝耶！穿一下嘛～姐姐～」

貝貝拉慫恿勸說，但王者卻是死命拒絕。最後沒辦法，貝貝拉乾脆將想像付諸行動，張牙舞爪的撲上，直接成為行動派。

當然，王者也不是傻傻任人宰割的傢伙，立刻彎身閃躲過貝貝拉的突襲，直接跳到床鋪上站著，腰間雙刀一抽擺明了就是準備武力反抗。

「誒！拿出刀子就太過分了，我可是雙手空空耶。」貝貝拉跺腳，哀怨的指責。

「總比被逼著穿上那件禮服好。」王者死盯著貝貝拉，就怕一時沒注意對方又撲過來。

「日天君和雷皇她們抗拒還有理，明明就是女生的妳抗拒什麼啦！」貝貝拉轉頭徵求援軍：「蒂亞、莎娃蒂，你們也想看王者換上這件衣服對吧？過來幫我忙吧！」

被點名的莎娃蒂沉默了一會兒，走到貝貝拉身旁，向王者露出憐憫的神情，說出如同死神判決的話語：「失禮了。」

王者還來不及反應，莎娃蒂動作快、狠、準的跳上床鋪，連眨眼的時間都不到，王者握著武器的雙手就已經被壓制住。

莎娃蒂的指尖往王者手腕的某個點一掐，王者的手指因為突然失力而鬆開，雙刀摔落在地。男性剛毅的臉龐近在眼前，王者就像是被蛇盯上的老鼠，背脊發涼又冒汗。

「蒂、蒂亞，救命……」王者話才剛出口，就看見蒂亞站在房門口，將在場的女性全請出了房間。

日天君四人用著不同意義卻一樣複雜的憐憫目光看著她離去。

接著，房門上鎖。

「對、對不起，王者少爺，其實蒂亞也很想看看王者少爺穿上那件禮服的樣子，畢竟現實中也沒看過邵萱穿漂亮的裙子……」蒂亞停下互戳的手，點頭認真道：「然後，下次穿洋裝和同學去吃飯時，請務必到店裡來讓蒂亞看看。」

不幫她居然還有要求！王者欲哭無淚，自知自己這次是逃不過了，只能露出慷慨赴義的死士表情。

「居然這樣逼人……」

「大不了變回來後讓妳整回來囉！前提是妳打得贏我們三個，還有妳敢打。」

貝貝拉嘿嘿嘿的攤開禮服，不顧王者泛淚的眼，歡樂的逼近。

數分鐘之後，房門再度打開。

雖然腰間還配戴著雙刀配件，但身上的褲裝卻已被長至小腿的禮服所取代，穿著白襪的腳邊放置一雙鑲花的魚口鞋。

身穿禮服的王者陰鬱的坐在床角，肩上的沉重氣氛比一開始更陰黑。

「噹啦～就說穿起來很可愛吧！在場男性……喔，不，是女性，說一下感想吧！」

相較於雙手攤掌像是星星般興奮翻轉的貝貝拉，四人的視線一對上王者空洞的黑沉視線，什麼話也沒法講，只有「真可憐」這三個字拚命在腦袋裡打轉。

「啊，沒關係，就算說我看起來像個柔弱到極度需要人家保護的嬌花我也不會在意。」

雖然話是這麼說，但王者的樣子根本不像不在意，反而是只要他們一說，她就準備跳窗自殺的模樣。

「是、是適合啦，但是看起來不會到需要人家保護的弱女子那樣……」

「真的？」死目的眼飄出璃光，眨了眨。

嫩B尷尬的點頭，她可不能說現在的王者看起來雖然不到需要人家保護的程度，但卻是會讓人自動自發心生保護欲的公主啊！

「好吧，只要不是看起來嬌弱就行。」失意的王者只要找到了點，很快就能恢復活力。她左轉右看自己腳邊的髮堆，雙手環胸苦惱的說：「衣服就算了，但是這堆頭髮真的很難處理，又不能拖著跑。」

「莎娃蒂和蒂亞能整理吧。」嫩B提問。

「剛剛梳了十四次，梳子斷了十四支。」貝貝拉回答。

王者扶額更苦惱了。

見大家目光轉到自己身上，貝貝拉肩一聳，表示自己的下場也差不多，「我試過了，一樣的下場，只梳了十公分，梳子就斷了。」

「這樣也沒辦法，那麼這幾天我就待在房間裡，不出門了。」王者露出狡黠的目光，坐往床鋪，盤起腿。

這下子可就跟她完全沒關係囉！畢竟是頭髮太長導致行動不便，又不是她故意不出門。

「好啊，妳就窩在房間裡，我們可不會替妳送來食物。」對付王者的賴皮，貝貝拉自有一套辦法。他就是想要看見穿著女裝的王者去逛大街。

這麼好看又漂亮，窩在房間裡根本是浪費。

「耶！？怎麼能！那、那蒂亞送！」

這項提議，被收到貝貝拉示意眼神的識時務的槍雨拒絕了，「說了讓蒂亞休息，這樣不就又讓他忙了？」

王者視線轉向嫩B，蘿莉姑娘也很配合的斷然拒絕莎娃蒂送餐的提議。

「那……日天君？雷皇？」

被點名到的兩人本來要答應，卻被貝貝拉直接從身後鎖喉攻擊掐住了發聲。

「君哥和雷皇也不行，她們和我們是團體行動，要是妳想吃飯，就乖乖用自己的腿走出城堡找餐廳，不然就等著餓死。當然，妳也可以靠妳裝備欄裡的乾糧，不過我記得妳好像沒有放食物的習慣，因為零食都堆在君哥這邊。沒、錯、吧？」

她怎麼不知道貝貝拉性轉後就變得更奸詐了，以前的他可不會這樣的啊！

咬著脣，王者憤恨的瞪了眼，但面對貝貝拉無所謂的態度，最後也只能認敗。

「不然怎麼辦？這堆頭髮光是用拖的，我的脖子就算不斷也會骨折！」

她剛剛走動時，動作不大也就算了，但光是跑到雷皇身後躲，腦袋就像掛著一堆玻璃瓶一樣，吃力又沉重。更別說現在要整團帶著跑，很累人耶！

眾人面面相覷。

別說他們這群喪失梳髮技能的「男性」，要日天君她們編頭髮更不可能。

正當所有人苦想辦法時，門外傳來的聲音活脫脫就是救世主。

站在門外的伊瑞看著朝他放射出崇拜目光的人壁，還來不及問事，就被整個人抓起，抬送到王者面前。

不等王者張嘴解釋，伊瑞就已經搶先從在場現況分析出眾人苦惱的目標。

「不難看出柳方紀私心特重，做得這麼明顯。」

王者眨眨眼，語調拉高：「表哥？」

「萬聖節的主題活動。畢竟我有被限制不能干擾《創世》的運作，所以程式的變化只能在主機進行，也就是創世開發團那些人的手動更改。不過，一些細節我還算知道，性轉的頭髮比例有一定的規則，就像他們，不難看出比例變化吧。」

原本及腰的長髮因為變成男性而縮短至頸間、在頸間處的長髮縮短至耳後；男性則是原本短髮變成至肩、至背或及腰的長度不等。

「妳這堆頭髮根本就是個人程式碼的更改，按照應該有的比例而言，為了不造成玩家麻煩，變成女性的男性玩家如果頭髮長至腿部，就不會進行加長更改，會維持原本長度；變成男性的女性玩家若是原本的頭髮是三分短髮，也一樣不進行縮短更改，仍維持原本的短髮。

妳變化之後，頭髮頂多到臀部，而不是這副……」

伊瑞嘆氣，搖頭道：「幾乎可以當攀岩繩梯的長度。」

王者沒想到自己現在的慘況全是柳方紀的私心一手造成，原本疲累的身心好似出現了裂痕，再來個力道戳一下，說不定就會全盤皆碎。

「雖然沒辦法更改程式幫妳恢復正常的比例長度，但整理我還做得到。」

伊瑞的手指像是指揮般的一晃，原本堆疊在地的銀白髮堆瞬間像流水般被藍光所包覆，自行分成好幾道髮束交叉編髮，不過一會兒的時間，原本無法整理、堆疊在地面的頭髮就已經編成了一種不拖地的髮型垂吊著。

王者摸了摸身後的編髮，訝異道：「重量……」

「用了點方法減輕重量，不然這堆頭髮會讓妳連腰都挺不直。」

伊瑞拍拍王者的肩，隨即摸著下巴盯著王者的新樣貌，像是陷入沉思一樣。

被盯到有些發毛的王者緩緩的瞥過眼，不自在的吞了吞喉嚨。

「就是這樣吧。」

突然出嘴的話語讓王者摸不著頭緒，一臉呆呆的看著伊瑞。

伊瑞好笑的搖搖頭，食指輕輕抵上對方小巧的鼻頭點了點，他牽起那雙自己當時一直很想真正握住的手，翠色的眼眸在光線下倒映彩光。

「如果是『邵萱』進入遊戲，就是這副模樣吧。」

熟悉的眼帶著與過往一樣的溫柔。

她懂他的意思，也明白那些未說出口的話語。

如果是用真正的性別進入遊戲，而不是抓著「王者」來充當遮掩的面具，那麼，她也許就會是用這副模樣來遇見大家。

沒有欺騙，也沒有隱瞞。

但是當時的她，無法不欺騙、不隱瞞，卻也因為那些過程，讓她現在更懂得珍惜，知道每個相處、每個相遇都是得來不易的珍寶。

走過之後，有好有壞，也不盡然都是不願回想的過去。

「果然伊瑞就懂，我可是勸王者好久才讓她換上那件禮服的，很可愛對吧！」

貝貝拉炫耀自己的光榮戰績，卻被當事人吐槽：「明明就是武力強迫，還三個打一個。」

「但貝貝拉說得也沒錯，很適合妳。」

伊瑞攤開手掌，一支鑲著彩蝶圖樣的髮夾蹦地變出，他踮高腳尖，將髮夾別在王者的側髮上，像名長者般叮嚀：「有這機會可以恢復真實的性別，穿穿適合自己的衣服，光明正大的到街上逛逛也不會惹來異樣眼光打量，很難得。」

華麗的虛擬世界，每個女生多多少少都會有想穿上自己想穿的衣服的想法。王者並不是真正的男性，不過就是當時的某些因素導致現在的角色為男角，但即便如此，偶爾也會有的吧，那種看見櫥窗裡的漂亮洋裝，產生如果自己是女性角色就能穿穿的想法。

難得有這機會讓事情恢復原軌，如果王者真的抗拒穿上那件裙裝，那麼就會死命的抗爭到底，因為她比任何人都還要清楚，如果是現在的她，她不想要的，沒有人能真正的逼迫她必須做到。

而她現在穿上了這件裙裝，雖然嘴上掛著不滿的弧度，但是多多少少都有女孩子穿上漂亮裙子的開心情緒。

「上街啊……」王者的眉頭皺成一個川字，看起來好像很苦惱這問題。

她不否認自己現在並沒有像剛剛那樣抗拒，也不是真的那麼想要十天都窩在房間裡不出門，但好歹她也是這座城的城主，平常閒來無事就跑去城裡逛街聊天，全夢幻城的店鋪老闆和居民都認識她啊！

雖然這次的主題活動是全部拖下水的性轉，但若真的要以前那個拿刀裝帥的「王者」用這副……這副穿著禮服洋裝的樣子出現，別說一直處於歡樂狀態的貝貝拉，某些人一定也會有相同的反應，她並不想徒生不必要的困擾。

「對了，君哥，不是有個任務要在這幾天完成嗎？」

日天君一愣，想了一下，才想起確實有個本來預定今天要出發去解的任務，剛剛因為這突發狀況而忘到不知哪裡去了。

「這下子不出門不行了吧，種子隊的任務。妳不會因為妳那跟布丁派一樣小的羞恥心，連團隊任務都扔著不管，窩在房間裡等我們打完回來吧？」

都說了是全隊性的任務，還能讓她裝死窩著嗎？王者撇了撇嘴，不安的拉了拉雙肩上的衣料，舉手妥協道：「至少給我雙好穿的鞋子吧，這種鞋不耐穿，踹怪物要是踹得不好會飛出去。」

「哈哈哈、哈哈哈哈——」貝貝拉笑到眼眶溢淚，上氣不接下氣。抹掉眼角的液體，他斷斷續續的說：「哈哈、這、這可是第一次聽到妳說出這種話，這主題活動讓我收穫實在是太多太多了！好好好，就讓妳換鞋子。」

貝貝拉從裝備欄抓出兩雙鞋，清清喉嚨，抬高下巴用著無比認真的語調詢問：「請問王者先、喔不，小姐，您需要的是這雙金鞋子，還是這雙銀鞋子呢？」

金色的是繩綁型的涼鞋，銀色的是橢圓頭的包鞋。

雖然形態不一樣，但兩雙都有個共通點——

「那鞋子的跟少說都有十公分，讓我跌死比較快。我看吶，我乾脆穿我原先的鞋子還比較好。」

雖然和這件裙子不搭，但至少習慣又好走。

她實在無法理解貝貝拉為什麼能穿這種鞋子流暢的四處趴趴走，這根本就不是正常人能幹的活。她光是之前跟索米美拉換穿鞋子，矮跟五公分的鞋走了約十五分鐘就腳痛，更別說現在這雙高跟鞋了，她看到就怕。

雖然漂亮是漂亮，但她可不想在擊殺 BOSS 前因為扭斷腳而自斷生路。

對著朝床鋪一屁股坐下、抓起旁邊的白色靴鞋就往腳上套的王者，貝貝拉吐舌，以表對方不識貨的不滿。

「切，人家的鞋子明明就很漂亮，要不是現在變成男生，我今天還打算穿這雙涼鞋！」說完，貝貝拉眼睛轉了一圈，思索著繼續道：「我看看喔，伊朵上線也是跟她男朋友膩在一起，嗯……雷皇，妳接下來有要去辦什麼任務嗎？」

最近他們殊死隊也沒接什麼新任務……雷皇想了想，搖頭。

貝貝拉拍掌，提議：「那就這樣吧，雷皇，這次你就先暫代伊朵的位置，幫忙解這次的任務，能嗎？」

「……是沒什麼不能。」

「那就這樣定下囉！」

貝貝拉腳步一踏，優雅的轉了個圈，打算再去多拉些人一起來參與這次的任務，雖然人多人少是沒什麼差，但他還是很想要來個名義上的約會——和性轉後的靜電！

不忍說，剛剛在樓下時他不小心掀起靜電的斗篷，結果露出的衣飾完全出乎他的意料，害他腦袋當機好幾分鐘，而靜電則是難得出現害臊的表情，雖然還是不慍不火的拉上斗篷，但從那微微的顫抖不難看出她抓得有多大力。

「好想再多看幾次啊，害羞的表情。」

捧著臉，貝貝拉的周圍冒出無數小花。她向房裡的眾人揮手道別：「那我去問問靜電要不要一起來，種子隊和殊死隊合體，絕對可以縮短解任務的時間。」

目送貝貝拉邊跳邊走離去的背影，日天君搔搔鼻。

其實她多多少少看出貝貝拉從一開始情緒上就一直處於高亢狀態，希望貝貝拉是真的想找人來合解任務，而不是為了讓自己的情緒更嗨。

「那個……」

視線一致的朝向舉手的銀髮少女望去，只見王者擠出有些尷尬的笑，吶吶詢問：「我們可以先去吃點東西嗎？」

看見大家的目光出現微妙的變化，王者趕緊澄清自己絕對不是那種不看時機點只吵著吃的吃貨。她兩手食指抵著對戳，解釋道：「折騰了那麼久，又和貝貝拉過招，肚子就……感到餓了咩……」

話語越說越小聲，連她自己都有些不好意思。讓貝貝拉這樣一鬧，她就真的肚子餓了，沒辦法啊……

「那蒂亞先去準備……」話說到一半突然停住，蒂亞露出歉意，語帶自責與失落：「我忘了現在的狀態沒辦法做餐點……」

「沒、沒關係啦！蒂亞，不用麻煩，我也不是說很餓……」

「咕嚕——」

謊話不打自破，王者慌張的壓著自己的肚子，東抓西撓，連耳根子都紅得很透澈，最後尷尬的場面還是被為人圓滑的日天君打破。

日天君抬頭看了一下房裡的掛鐘，提議道：「我看看……也差不多快中午了，不然這樣吧，我發個訊息，等貝貝拉到大廳集合後就一起去餐廳吃飯？」

聽到能吃飯，王者二話不說當然立刻點頭答應，跑到人群跟前。

沒想到本該是害羞本性的蒂亞竟然自動撲上，對王者又抱又蹭，嘴裡邊道歉卻又不肯鬆手，直說著「對不起、對不起，蒂亞知道這樣不對，但是王者少爺實在是太可愛了！」之類的話語。

看來有變化的不只貝貝拉，連蒂亞也變得怪怪的了。王者心想。

好不容易才掙脫一點空間，王者回頭詢問佇立於房內的少年。

「伊瑞，你要一起來嗎？」

伊瑞微笑搖頭，「不了，我還要回去幫ＥＰ２的忙。」

「那……好吧，加油。」

「妳也是。趁著這次，玩得開心點。」

身形一飄，伊瑞變成粒子消失離去。

「我們走吧。」

抬頭對上日天君的柔和目光，王者笑著回應：「走吧，吃飯。」

[第三伺服器]

混蛋！誰是女王啊！

夢幻城的東邊商街，正發出不小的騷動。

雖然已經做好心理準備，但是當城主隊伍出現在商街時，還是引來不少圍觀的人群，畢竟王者以女性姿態現身是前所未有，更別說現在還換上那身彷彿在童話故事裡才會出現的洋裝，而身後跟隨的夥伴群更是各個姿色靚麗、俊秀可餐。

尤其是那位只靠著短版小可愛遮掩傲人胸部、幾乎快露半球的美女……唔！鼻血！

某幾名女性趕緊轉身掩鼻，才沒讓自己露出掛著兩條紅辣椒的蠢樣。

「日天君，她們好像都在看妳耶。」王者腳步停頓了一步，讓自己與日天君同步，反手靠在臉頰旁，小聲說道。

「我寧願相信她們是在看其他人。」

身為「前男性」的日天君自然也知道那些視線投落的目標，她不自在的拉了拉身上無法扣上的背心外套。等活動結束之後，這段日子有可能會變成她最不願想起的回憶。

比起全身快爬出雞皮疙瘩的日天君，後方的其他人倒顯得自在多了。

身著男裝的三人本身就沒什麼問題。

從小在江湖打滾的槍雨很快就將斷裂的神經接好，坦然的接受目光，偶爾還拋出幾個飛吻；至於嫩B則是直接封閉耳目，忽略那些朝自己拚命喊著「萌妹子」的聲音。

前方，突然有一名戴著厚重圓眼鏡的女子從圍觀的群眾裡跑出來，手拿一塊Ａ３大小的空白紙板跑到雷皇面前，卑屈的請求雷皇在紙板上簽名。

「喔喔，要簽名耶！」王者小步移到雷皇身旁，驚嘆道：「雷皇妳也好受歡迎。」

「麻煩。」雷皇本要從旁邊繞過女子，豈知她才剛踏出第一步，女子連站起都沒有，膝蓋完全變成腳底板，噠噠噠的用跪移的方式整個人再度擋在雷皇面前。

雷皇走左邊她擋左邊，雷皇走右邊她擋右邊，最後沒辦法，雷皇粗聲喊了句：「滾！」

「拜託，這是我一生唯一的請求，就請您在上面簽名吧！」

兩人僵持不下，最後是王者看不下去，直接接過紙板與筆，遞給雷皇，勸道：「看起來妳不簽她就不讓路，簽個名應該還好。」

王者都這麼說了，雷皇當然無法反對，粗魯的搶過紙板與金色的簽字筆，在上面胡亂簽下「雷皇」兩個大字，扔還給那人，只見那人像是拿到珍寶般，全身發抖的退到路邊，應該是開心占很大的成分。

得以通行的雷皇腳跟才剛離開，後方傳來的興奮喊聲差點沒讓她腳滑。

「唔喔喔喔喔——各位妳們看！我拿到傲嬌女王殿下的簽名了！是女王——女王的簽名吶嗯嗯嗯嗯嗯！」

「唔喔喔喔喔——女王萬歲！女王萬歲！女王萬歲！」

雷皇惡狠狠的回頭，本要抽出雷蛇的手被王者搶先一步抓住，奮力壓回。

「別衝動，她們都是居民，砍了我們夢幻城就少房租了。」

「大不了那些房我租了！」

開什麼玩笑，那些傢伙竟敢說她是女、女王！？她現在外表是女的沒錯，但她基本上還是個男的，天底下有哪個男性可以忍受自己被套上那種詞彙……

她一定要砍了那些無知的白目！

見雷皇的臉越變越扭曲，連黑色氣體都開始散發了，而那些高舉牌子歡呼的人卻還完全沒察覺自己已經禍到臨頭。

就事論事，雷皇確實有發火的權利，但要是真的在夢幻城內屠殺……喔，等變回來後，她一定會被貝貝拉踩死，因為會少一筆收入，連帶夢幻城的名聲下滑。

王者直接朝日天君拋出求救目光，日天君也接收到了，趕緊快步上前壓住雷皇的右肩，但卻意外發現自己本該有的力道完全無法施展，反而因為雷皇盛怒的抵抗而發顫。

見此狀況，王者也察覺到日天君的變化，二話不說立刻從後方用力抱住雷皇，向其他夥伴大喊：「各位，別拖了，快找家餐廳吃飯！」

話一喊，眾人立即會意，在場的三名男性趕緊開路找了家最近的餐廳，請老闆清出個大位，剩下的四名女性則是又扛又拖的將已經準備施招的雷皇拖進餐廳裡。為了預防萬一，王者趁亂抽走雷皇的雷蛇，省得到時她們抓不穩，雷皇直接抽刀砍人。

手掌傳來發麻的刺痛感，武器正對於遠離主人落入他人之手表達不滿。

「抱歉，我真的沒有想要使用你的想法，只是現在雷皇正處於火大狀態，要是不把你拿走，到時候他一時衝動真的砍人的話，那就糟了！你就體諒我不想事後被貝貝拉打死的可憐心情吧。」

也許是王者的誠懇獲得雷蛇的體諒，原本逐漸擴大的痛意在一瞬間消沉下來。

抱著失去動靜的雷蛇，王者終於得以喘口氣，攤開左掌，只見原本毫無傷痕的白色掌肉出現了一條略粗的紅腫燙傷。

皺了皺眉，隨手叫出一罐低階傷藥塗抹，再用巾帕纏著打結，王者走進餐廳。

吊著奇特霓虹燈的餐廳，角落的大宴桌聚集著正在上演壓制及安撫戲碼的一人群，主角就是剛剛在外面得到「傲嬌女王」新稱號的雷皇。宴桌的周圍，就像是有道莫名又難以融入的氣氛，讓其他食客躲得遠遠的不敢靠近，只是偶爾瞄幾眼偷看。

王者停在宴桌前，不知道該用什麼表情來面對正被莎娃蒂和貝貝拉拗手壓制的雷皇。

沒有攻擊力的蒂亞面露擔憂，小聲喊著：「小心點，別弄受傷了。」

旁邊端來水杯的服務生不知道該不該將杯子放下，只能手捧著托盤外加一本菜單不知所措的站著，最後還是日天君看不下去，微笑著接過托盤暫放在隔壁空桌上，翻了幾下菜單，點了幾道需要多時做工的菜色，讓服務生能夠回去交差。

槍雨和嫩B同時挪到旁邊去拿水喝。

看目前的狀況，是不太需要她們上場。拉了張椅子坐下，性感姐姐與蘿莉妹妹等著當觀眾，需要時再出面當打手。

「雷皇，妳就別那麼氣了，不過就是個詞。」

「你要不要被叫成男人婆看看！」

凶怒之下，雷皇口不擇言，惹得貝貝拉一道火上來，將抓著的手拗折成更大的角度，雷皇好看的側臉「砰」的貼在桌面，歪得難看。

貝貝拉大罵：「我才不是男人婆！是淑女！淑女！」

看來，如果今天立場交換的話，貝貝拉的反應應該跟雷皇差不了多少……不，說不定一轉頭就看見說錯話的那人已經捧著胯下痛苦打滾了。

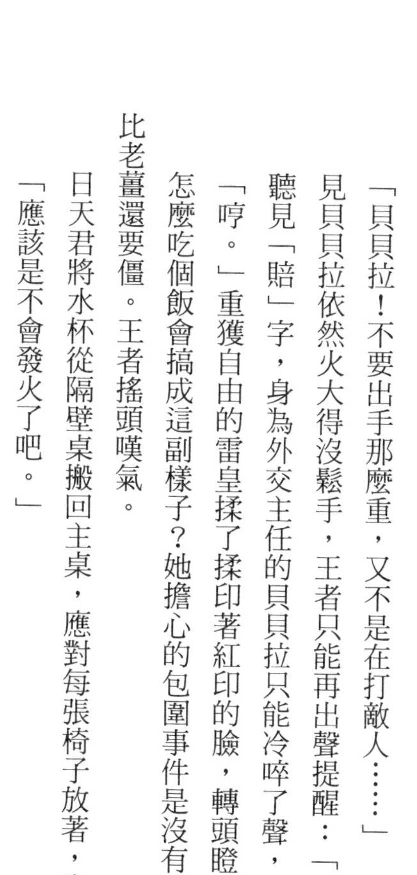

「貝貝拉！不要出手那麼重，又不是在打敵人……」

見貝貝拉依然火大得沒鬆手，王者只能再出聲提醒：「砸壞桌子要賠喔。」

聽見「賠」字，身為外交主任的貝貝拉只能冷啐了聲，不甘願的鬆手。

「哼。」重獲自由的雷皇揉了揉印著紅印的臉，轉頭瞪了貝貝拉一眼。

怎麼吃個飯會搞成這副樣子？她擔心的包圍事件是沒有，反倒是自家人打自家人，鬧得比老薑還要僵。王者搖頭嘆氣。

日天君將水杯從隔壁桌搬回主桌，應對每張椅子放著，也包括雷皇面前。

「應該是不會發火了吧。」

槍雨端著自己與嫩B的水杯換到主桌的空位，當兩人一就位，其他人也紛紛上座，貝貝拉挑了與雷皇隔了三張椅子的位置坐下，往左數去分別是莎娃蒂、嫩B、槍雨、蒂亞，日天君則在貝貝拉的右邊空位坐下。

雷皇和日天君的中間還空著一個位子，明顯是要留給王者。

「雷皇，冷靜點了嗎？」

面對王者小心翼翼的詢問，雷皇不耐煩的擺出一張臭臉，但比起剛剛那種隨時要撲上去砍人的狀態，顯然要好太多。

日天君點點頭，向王者表示雷皇應該不會再衝出去大開殺戒，可以把雷蛇物歸原主。

「平心，靜氣。」做出最後的苦心勸說，順便加個深深呼吸的動作。王者雙手捧著雷蛇遞到雷皇面前，請他接收。

「妳什麼時候摸走的？」雷皇瞇起眼，有風暴再起的傾向。

「別、別別別！平心，靜氣。」王者雙手做出下壓的動作要雷皇把怒氣控制住，誠實報告：「要是我不先拿走，貝貝拉他們架不住妳的話就會死人了，這是預防萬一。」

好個預防萬一，護那些白目傢伙比護自家城員還要積極。雷皇咬牙切齒的瞪著尷尬安撫她的王者，直到視線接觸到對方手上的白巾布，著火的視線瞬間澆熄了一半，轉為皺眉，問道：「妳的手怎麼了？」

話一出，眾人目光瞬間「刷」的從雷皇轉到王者身上。

「妳受傷了？」

日天君離座站起，搞得王者趕緊揮手，擠出安撫的笑容道：「沒事、沒事，畢竟是別人的武器，就跟妳之前碰到冰雪丸那樣嘛，沒注意就被弄到了。我有抹傷藥了，大概三十分鐘之後就會好了，不礙事。」

繞到雷皇和日天君中間的空位坐下，王者本要拿水杯喝水，左手順手一上桌，電麻的刺痛又瞬間傳來，雖然比剛剛已經減輕許多，但還是讓人不舒服。王者也沒多說什麼，默默的縮回左手，改換右手端杯喝水。

本以為自己的動作不著痕跡，誰知道全被在意的人看進眼裡。

雷皇沉默的將雷蛇掛回腰帶上。

「日天君，妳點了什麼菜？」不習慣噤聲氣氛的王者重新打開話閘子。

希望有這家店的招牌糖醋雞還有甜點布丁，她之前吃過，意外發現廚師的手藝和蒂亞不相上下。

夢幻城的遊覽地圖裡，也有特別標示這家餐廳作為美食景點之一。

「沒有大家討厭的餐點就是了。」

意思就是說，日天君挑的全是大家愛吃的菜。

不多做說明，端上的餐點就表明一切，有中式的醬燒餐點，也有西式的焗烤料理，蜂蜜檸檬水為配飲；當然，王者滿心期待的糖醋雞也在桌上。

服務生將空盤與餐具依序放在所有人的面前後便退下。

雙眼閃亮的盯著糖醋雞看，王者心花怒放了。只要面對喜愛的餐點，王者始終是沒有抵抗力的，美食當前，有誰能忍耐得了呢？

「王者少爺，妳想先吃哪道，我幫妳夾。」蒂亞不忘自身工作，趕緊起身拿過王者面前的餐盤，好聲詢問。

隔壁，莎娃蒂也起身為嫩B服務。

「先給我那個義大利麵好了，麻煩你。」王者指著斜邊用圓盤盛裝、上面灑著海苔的深綠色義大利麵，但是才剛說完，王者瞬間想起在離開城堡前路過廚房所看見的慘況，出動三、四個人清掃都還整理不完……心一驚，她趕緊起身要阻止蒂亞的服務，誰知道還是太遲，蒂亞已經夾起麵條捲放在盤中。

王者橫跨餐點的雙手僵在半空。

蒂亞也瞪大眼停止動作，困惑的眨著眼問：「怎麼了嗎？」

端盤的手穩穩的沒有偏移，麵條放上去也沒有事情，一切看起來就與以前無異，沒有任何不妥，那麼廚房的慘況到底是怎麼出現的？

「呃……嗯……」怕自己若真的把話說出來，蒂亞又會開始鑽牛角尖，王者只能訕笑的縮回手，抓著腰帶調整一下位置，搖頭道：「沒事，我只是想跟你說麵不用太多，大概兩、三捲就行了。」

「嗯，沒問題！」

開開心心的將小盤分量的麵條放完，蒂亞遞回盤子，王者也趕緊接下，深怕哪個動作不妥會摔破碗盤。於是，蒂亞和莎娃蒂就這樣一個一個的幫忙大家裝盛食物，直到所有人的盤裡都有主食後才又重新坐下。

沒有摔破碗盤，非常和平的結束。

——難道蒂亞和莎娃蒂的問題就只出在煮飯上？

王者不知道該怎麼吐槽這種扭轉個人特點的設定。

「那就開動吧。」槍雨一聲話下，眾人也拿起餐具開始食用。

用叉子捲起麵條放進嘴裡咀嚼，王者邊吃邊叉起一塊糖醋雞，才正要咬下一口，卻感覺有道明顯的視線朝著這方傳來，她轉頭望去，卻沒見到窗外有任何人影。

「怎麼了？」日天君停下筷子，詢問。

王者偏了頭，說：「總覺得好像有人在看這邊……大概是錯覺吧。」

聳肩，王者將糖醋雞塞進嘴裡，隨後眼神不著痕跡的瞥向窗戶，眼熟的褐色捲髮突然從下冒出，晃盪而過。

——那是……？

身著水藍洋裝的ＥＰ２蹲在餐廳外，捲著自己的雙邊馬尾，嘟嘴唸道：「ＥＰ１居然沒告訴我大姐姐變得那麼漂亮！好在我聰明，趁他在處理那些新人玩家時偷偷來探探情況，呵呵！不過……」

「啊斯——真羨慕那群人類，本來陪在大姐姐身邊的人應該有我才對。」小小拳頭不甘心的搥往雙膝。

要不是和開發團有約定在先不能干擾玩家作息，她早就去黏在王者身邊。想到自己當初協議條件時，沒有多爭取對自己有利的條款就嘔氣在心，不然現在她也不用只能偷偷的在這裡觀望，而是能直接大大方方的把王者拉到自己的專屬空間裡，兩人一起喝茶玩耍，優閒的度過到萬聖節的活動日期截止。

「我看等一下回去就弄些小惡作劇整整開發團那些人好了，說不定能抓到機會，讓我這段時間可以不用工作而去跟著大姐姐一起玩。」想到這，ＥＰ２露出星光般的惡魔笑容。

正當她打定好主意起身準備離開時，沒想到眼前卻突然出現一道身影，鵝黃色調的布料占據視線，她抬頭一看，瞬間驚呼：「大、大姐姐！？」

不知何時從餐廳裡走出來的王者站在ＥＰ２面前，眨了眨眼，撐著膝蓋微微彎腰注視著ＥＰ２，好聲問道：「ＥＰ２，妳來了怎麼不喊一聲呢？」

藏起腦袋瓜裡剛萌芽的邪惡計畫，ＥＰ２抱住王者的手，整個人親暱的貼上去，一臉無辜道：「人家怕會打擾到大姐姐和那群人的吃飯氣氛嘛～」

「怎麼會呢？妳來了大家都很歡迎的。」

才怪，她可是相當清楚那些人的想法，每次她來找王者時，那些傢伙總是緊張兮兮的，擔心她哪天又暴走把王者帶走。

有時候她還真想這麼做，畢竟乖乖聽從人類指示本來就不符合她的個性，不過……

「走吧，大家看見妳來了一定會很開心。」

王者牽住ＥＰ２的手，笑容燦爛且溫柔。

只要王者每次對自己這樣笑著，ＥＰ２就會覺得自己不該再做出那些在別人眼中是「不善」的事情，因為眼前的這個人是真的對她很好很好，把她當成「真正的人類」來看待。

為了王者，她可以乖乖的不起騷動，讓自己聽令於人類手下去做事，即便她真的很討厭那些人類。

「……大姐姐，我看還是下次吧。」

ＥＰ２不著痕跡的抽回被王者牽住的手，變出一隻熊布偶抱在懷裡。看著一臉困惑的王者，她噗哧的笑了一聲，道：「等大姐姐下次自己一個人的時候，我再來找妳玩，至於現在……我想我還是先回去工作好了，畢竟是偷溜出來的，要是被抓到，我可受不了ＥＰ１的碎碎唸。」

不等王者出聲挽留，ＥＰ２瞇眼笑著揮了揮手，身影一瞬間化為粒子消失。

頭一次看見ＥＰ２走得急匆匆，王者努力思考ＥＰ２走得急的原因，但最後也只能無解的回到餐廳的座位上。本來想說讓ＥＰ２多多和大家吃飯相處，說不定能化解她與其他人的那份無形疙瘩，結果沒想到卻是ＥＰ２先閃人。

「王者，妳剛剛出去是……？」

王者拿起碗筷，抿嘴露出微笑，實話實說：「剛剛看見ＥＰ２，出去打聲招呼。」

雷皇臉色一凝，和日天君互看一眼，而日天君則是回給她「不用擔心」的眼神。

雖然ＥＰ２之前的所作所為至今仍讓他們心存芥蒂，但是這段日子她和王者相處下來也沒再多做亂，只要王者在，ＥＰ２就聽話得像個乖巧的小女孩，若不是他們看過她凶狠的模樣，根本沒辦法把現在的ＥＰ２跟之前的惡行畫上等號。

既然王者沒說什麼，那就算了。日天君心裡想著，王者有自己的想法，應該是不需要他們再多做擔心。

「吃吧。」日天君朝雷皇點了頭。

雷皇只能妥協的默默捧著碗筷重新夾菜。

觀察左右兩邊變得相當安靜的日天君與雷皇，王者連著進嘴的肉一起含住筷子，小小口的咬著肉塊，邊想：以前只要看見ＥＰ２，兩人是超級明顯的一臉著急，而現在這樣平靜和祥……她們對ＥＰ２是不是比較放下戒心了呢？

——如果大家真的能和ＥＰ２好好相處那就好了呢！

離開餐館後，相當理解王者心態的貝貝拉完全不給對方有龜縮回城堡的機會，立刻下達了「補充物資，即刻出發」的指令。

貝貝拉還是女生時，大家就已經不太敢招惹對付男性具有相當魄力的她，更別說貝貝拉成為男性後根本毫不掩飾心情，完完全全已經把「你讓朕心情不順，朕就讓你現世報」的意境表現得淋漓盡致。

王者剛從雜貨店出來，與日天君、雷皇一起前往西城門口，和其他分散去購買物資的夥伴集合。

遠遠的，王者就瞧見貝貝拉身旁多了一道熟悉的人影。

看那本來沒意願，現在卻風風火火趕來集合地點待命的靜電，王者都忍不住掬起一把同情的淚了。

真不知道貝貝拉用了什麼方法，竟然能讓靜電願意跟行，不會是威脅靜電或是什麼需要打上馬賽克的事情吧？

王者無奈的搔搔額頭。

「別以為我不知道妳在想什麼。」

一眼就看透王者心思的貝貝拉沒好氣的直指王者的鼻頭，那差點戳到的距離讓王者趕緊尷尬的微笑閃了身。

「不過，靜電妳真的沒問題嗎？如果真的有事要處理就別勉強。」王者善意詢問。

說到底還是不能強迫呀，不然破壞關係可怎麼好？現在每個人的微妙變化是因為性轉影響，要是等變回來後突然意識到自己之前做了些什麼……不該做的事情，難保之後碰面不會尷尬。

「……沒關係，這個任務我有時間可以跟你們一起去。」

雖然嘴裡說著沒關係，但王者可沒漏看剛剛靜電確實掩飾的嘆了小小的氣。

而雷皇似乎也看出隊友的勉強，走到靜電身旁默默的將手放在她的肩膀上拍了拍，以示安慰。

「OK，那麼從現在開始就正式執行任務了，我看看……」貝貝拉叫出任務面板。

面板裡約有近十項承接的任務清單，裡面有團隊任務也有個人任務，點開排列於第一順位、名為「吉利三亞搶救戰」的團隊任務，面板進入下一個頁面，是任務的詳細資訊，上面除了有任務名稱、團隊任務標示外，還有第一項任務指令的細節解釋。

貝貝拉研究著任務，道：「看起來得先到西邊的『魯卡特村』承接第一項任務，就使用官方傳送陣吧。」

站在城門旁的大圓鏡前，貝貝拉喊出城鎮名字，待鏡內出現小村鎮的景色時，由貝貝拉率先踏進傳送陣，然後是靜電、雷皇、槍雨、蒂亞、嫩B、莎娃蒂，最後是王者與日天君。

魯卡特村位於中央城鎮西方約數千公里遠處，屋舍是只有一層樓的草房子，蜿蜒小道隨著零散的草房逐漸向前延伸。

一群人靠傳送陣來到這座魯卡特村，走沒多久，原本分布兩邊的屋舍變成全座落在道路的右邊，道路的左邊則是一片寬廣的金色麥海。

「莎娃蒂你看看，好漂亮！」蒂亞忍不住驚呼。

金色的成熟麥穗低垂，隨著風吹晃出一層層的波紋，層層推浪至遠，映襯藍天白雲，整體如同一幅詩畫。深深吸氣，鼻間聞見了那特別的植物香味。

難得的景致讓莎娃蒂停步在麥田邊，點頭附和蒂亞的稱讚。

明知是虛擬世界，卻還是忍不住為這逼真到如同現實的風景讚嘆，因為這是現實世界早已消失的珍貴景色——在科技尚未發達前，毫無汙染的風景。

一根稻穗突然在眼前晃動。

蒂亞先是一愣，隨後靦腆的接過槍雨剛剛摘下遞來的麥穗。

「如果你喜歡的話，我叫人把咖啡廳周圍的花全部換成麥子。」縱使自己變成了旗袍美女，槍雨依然不改本性的說出自認為帥氣的話語。

「大少爺……」

女僕……喔不，執事蒂亞用著既害羞又崇拜的表情依進槍雨的懷裡。雖然比平常的觸感多了些柔軟，但蒂亞完全不在意，因為在他眼裡大少爺永遠都是大少爺。

閃閃發光的背景布滿槍雨與蒂亞的周圍，隔絕出一座兩人世界。

「連這樣的狀態都能卿卿我我，真服了這兩個人。」嫩B一臉死目，轉身背對，打算眼不見為淨。畢竟她自己的某器官改變已經夠讓她頭疼了。

「現在先去前面那邊跟NPC承接任務吧！至於那兩位……」貝貝拉聳了聳肩，逕自邁步走，「算了，我們直接走吧，打擾他們感覺會遭天譴。」

其他人在互看一眼後，也頗有同感的跟著貝貝拉朝NPC的所在之處走去，只是走沒幾步，王者還是出自於善意回頭向槍雨和蒂亞喊了一聲。

蒂亞率先回神，隨後看了一眼快走遠的隊伍，臉紅的垂著頭趕緊追上。槍雨則是追著蒂亞跑，但跑沒幾步又因莫名的拐到腳而跌坐在地。發現槍雨又跌倒的蒂亞趕緊停步轉身跑回去，扶起婀娜多姿的旗袍女郎。

看著後方的互動，王者突然開始思考起來大家性轉後的奇妙變化：貝貝拉變得更有魄力、槍雨卻是走沒幾步就跌倒、蒂亞和莎娃蒂廚藝大失敗……不知道其他人是哪裡有了變化，不忍說她還真有些好奇。

想了想，王者的嘴角不由自主的上揚。

發現王者突然笑了的日天君好奇的傳來問話：「怎麼了？」

「啊？」摸了摸自己露出笑的嘴，王者趕緊揮揮手，「沒事、沒事……對了，變成女生之後，妳有沒有覺得哪裡不太一樣？」

提問讓日天君突地一愣，她握了握拳，道：「剛剛拉住雷皇時覺得有些使不上力。」

「使不上力是嗎……」王者手指靠著嘴唇，喃喃。

看起來似乎是個人優勢變成了對比缺點，大家應該多少都有這類變化，如果說是以對比方式來顯現，那麼……

「啊，到了到了。」

貝貝拉的一聲叫喊拉回王者的思緒，朝前望去，只見屋舍前正有一名少女拿著掃帚打掃門前落葉，少女的頭上有枚發光的驚嘆號。

貝貝拉示意了王者一眼，王者立刻上前與少女承接任務，在經過幾番制式化的交談後，新出現的任務項目顯示在從手環自動跳出的面板上。

『請前往東北邊的泡泡塔森林收集以下材料送至宙鳴鎮的【胖次鎮長】：考驗水晶×【500】、不烈雞的雞爪×【450】、南丁格爾的玻璃鞋×【1】。』

「哇……這次居然要蒐集南丁格爾的玻璃鞋，這個要花不少時間了。」嫩B看著面板發出「嘖嘖」的聲音。

南丁格爾的玻璃鞋據說是要打敗泡泡塔森林裡的高等怪「食葉龍」，但並不是每隻食葉龍都會掉出玻璃鞋，幸運的打一隻就有，也有人打了一百隻都還沒掉出玻璃鞋。總之，這完全是掉寶機率極低的寶物，因此市面上販售的也是稀有高價。

「嘖，沒想到第一個任務就是玩運氣，希望不會在這裡耗太多時間。」嫩B雙手環胸，挑眉道。

「剛好我最近研發出提升幸運度的藥水，喝下去，二十四小時內的幸運度提升10%，你們要不要試試看？」靜電右手拿著一罐約巴掌大的玻璃瓶，瓶裡是看起來有些詭異的紫黑色液體。

雖然提升幸運度這項機能是很吸引人，但那感覺像是不知道放進多少東西才調製出來的紫黑色澤，讓人有些卻步。

「這東西……保險嗎？」嫩B打量著眼前這瓶顏色不討喜的藥水，詢問著。

連雷皇都眉頭深鎖，露出了試探的表情，可見就算是自家隊友，東西看起來詭異還是沒人敢碰。

「其實我也不清楚，畢竟我是這幾天才調配出來。」靜電晃了晃手上的瓶子，「按照書上的步驟應該是不會出什麼差錯。之前王者不也試了好幾瓶不同效用的藥水，都有照預想的發揮功用。」

意識到自己被點名，王者對上所有人投射來的詢問目光，乾笑的搔了搔頭，「是……是有發揮效用啦……」

以靜電的能力來說，確實調配出來的每瓶藥水效能都不錯，但前提是你要有勇氣喝下那瓶有怪味的藥水。

藥水味道很多樣，但偏偏都很詭異，例如她喝過的就有比檸檬還酸的、比苦瓜還苦的、像是蝴蝶身上的蟲味，還有那個根本可以直接打上馬賽克、讓她喝一口就直接跑去吐個三天三夜的X味。

這些話，王者就擺在心裡沒說出來了。要是說出來，還有誰敢喝？比起拖時任務，現在的她寧願喝怪味藥水儘早結束任務回城裡。

「那就喝吧，反正也沒損失，說不定真能打了第一隻食葉龍就掉下玻璃鞋。」貝貝拉大方說完，直接跟靜電討了瓶提升幸運值的藥水。

見貝貝拉先拿了，其他人也一一上前索取。

反正喝了有問題頂多拉肚子，總死不了人吧。眾人心裡如是想。

——保重。

王者心裡替所有人默哀。自己則盯了瓶子約十秒後，終於打開軟塞，配合的喝下藥水。

「喔……天啊，等我一下，我真的不行，超想吐的……」體驗到藥水魔力的貝貝拉終於在撐著走到泡泡塔森林後就跑去旁邊的草叢裡吐了。

早已做好心理準備的王者自然在忍受範圍內。至於其他人，雖然沒像貝貝拉直白說出，但都能看得出來臉色是慘白壓抑。

看來是給靜電面子忍著不吐。

「蒂亞，你還好嗎？」槍雨替掩嘴忍耐的蒂亞順了順背。

蒂亞小小的點頭，表示自己還能忍受，但沒過多久還是臉色慘白的踏上貝貝拉的後塵。

嫩B憤怒的指著靜電，斥道：「妳下次可不可以改良藥水味！這水溝味虧妳拿得出來！」她本來以為青椒已經是這世上最可怕的東西，但沒想到那根本是九牛一毛，真正可怕的其實是靜電做的藥水啊！

「我以為這味道挺正常的，王者喝了那麼多都沒吭聲。」靜電推了推鏡框，一副「這有什麼好大驚小怪」的淡定表情。

「對了！為什麼王者妳沒先說靜電的藥水有怪味！」被靜電的淡定弄得更怒的嫩B，眼神瞬間「刷」的瞪向王者。

若說靜電沒先告知，那麼喝過對方那麼多瓶藥水的王者總該多少提醒一聲吧。

「其實我覺得這次的味道我還能忍。」王者一臉無辜的舉手，「上次那瓶十分鐘速度提升的藥水才是真正可怕……唔……」

回憶起那個茅坑味，王者瞬間伸手掩嘴發出反嘔的聲音，弄得嫩B也不敢再發脾氣質詢，趕緊安撫：「好好好！妳別想了，要是全隊的人都在這裡吐了，那不用打怪就先全滅了。」

比水溝味還可怕的味道，她可不敢想像王者之前到底吞了什麼味道，想想……還真覺得王者挺可憐的，因為靜電每調合一次新藥就會先找王者嘗試。

「我看，需要休息的人就先原地休息，其他能夠活動的人就先到附近蒐集任務材料。」雷皇嘆了口氣。比起因為打不到玻璃鞋而拖時間，她倒認為靜電的藥水副作用會拖更多時間，還沒打就先自我掛點，這到底……

「我也覺得先這樣比較不會浪費時間，就照雷皇的提議吧。」日天君環顧四周，分配任務道：「我看看。嗯……貝貝拉和蒂亞就先留在這裡休息，剩下的兩人一組分開行動。」

「我跟少爺一組。」莎娃蒂率先提出要求。

「那我……跟日天君吧，其實我一直想嘗試看看與武打系的玩家一起合作。至於王者，不如就跟雷皇一組吧。」靜電彈指提議。

日天君先是一愣，隨後掩飾那差點不變的表情。

雷皇則是一臉訝異。

靜電笑著推了推鏡框。當朋友那麼久了，她當然知道雷皇的心思，就藉這機會順水推舟一下，有何不可？

「這樣剩我一個耶……小B，跟哥哥一組怎麼樣？」槍雨抱住嫩B磨蹭，但很快就被一腳踹開。

「我才不要！去找別人啦！」嫩B白眼。

「那……」

槍雨的視線剛掃向其他四人，靜電立刻笑著建議：「我看妳還是留在這裡照顧蒂亞和貝拉吧，畢竟也不能只放他們在這裡，難保附近的怪物不會跑到這邊來，等他們身體好些後再帶他們來跟我們會合。」

很合理的一句話，但暗藏何種心思只有話語的主人自己知曉。

槍雨瞧了一眼從草叢後走出，揉著胃部一臉像是被抽光精力般腳步虛浮的兩人——確實不能單放蒂亞與貝貝拉在這裡。

想了想，槍雨點頭接受建議，接下照顧貝貝拉與蒂亞的任務，隨後揮手目送三組人馬分開到附近的打怪區去。

[第四伺服器]

咦，說龍不是龍！？

「那麼日天君，我們等會兒見囉！」討論分配完各自須蒐集的材料數量，王者向日天君揮別。

本來還想說些什麼，但最後日天君還是在沉默個幾秒後，改話：「……小心點。」

「你們也是。那我和雷皇就先走這邊了。」

說完，王者和雷皇朝右方的森林深處走去。

王者四處張望搜尋怪物，隱隱約約可聽見四周傳來遠近不一的打鬥聲，應該是其他玩家在練等打怪。

雷皇沒有說話，只是靜靜的跟在王者身後走。

記得上次與雷皇這樣兩人一起行動是在三年前的聖誕夜，那時因為誤會搞出離城出走的戲碼，就連雷皇也被她一起拖下水受了傷。以前是能不想就不去回想，因為在她的記憶裡並沒有足以令她平順呼吸的回憶，但現在她對於那些過往回憶卻是感慨，很自然的回想，腦海裡就會跟隨著出現一句話──「都過去了」。

眼前出現晃動的紫彩，王者率先抽出腰間的雙刀上前一砍！

俐落的刀光揮過，紫色的雞化為光點消失，原地則留下一隻雞爪與金幣。

收起地上遺留的物品，王者聽見身後也傳來了砍擊的聲音，回頭一看，只見四周已遍布好幾隻雞爪與金幣。

隨著雷皇甩劍的動作，金色長髮輕順晃動。

這麼想或許不太好，不過這模樣的雷皇確實是個讓男生看了會心動的美女。

正當王者心裡凝重思考時，雷皇傳來的叫喚讓王者頓時驚愣的回神。

「什、什麼？」

雷皇盯著王者好半晌，才問：「妳在想什麼？」

「沒什麼沒什麼哈哈……」王者尷尬傻笑。

說什麼也不能讓雷皇知道她在默認她身為美女的潛能，不然剛剛的殺雞刀接下來一定會變成在她的脖子上滑動。

「啵啵吱——」

旁邊傳來了此起彼落的雞叫聲，恰巧打斷兩人的對話，不然王者可真不知道要是雷皇再問，她接下來要如何回答，總不能實話實說吧？

「先把雞爪打一打帶回去，跟其他人會合吧。」王者說完，也順勢揮刀斬死一隻正朝她奔跑跳起、準備用雞嘴啄擊的不烈雞。

「……嗯。」

應了聲，雷皇握穩雷蛇開始朝四周逐漸聚集的不烈雞進行攻擊。

莫約經過一小時，滿地皆是遺留的雞爪與金幣，觀察周遭已經沒見到其他的不烈雞，王者和雷皇便開始撿拾遍地的雞爪與金幣。等蒐集完之後，雷皇將自己剛撿到的一百八十六隻雞爪交給王者，王者接過雞爪一起存放在自己的裝備欄裡，原本雞爪圖案上的數字從「201」變成「387」。

「現在多少了？」雷皇提問。

「三百八十七，還差六十三隻，我問問其他人那邊打水晶時有沒有順便打到雞爪，如果他們的數量足夠，我們就可以先回去找他們了。」王者笑著說完，接著打開通訊錄聯絡日天君與嫩B兩組人馬詢問。

幸運的，日天君與嫩B兩組人剛好打完水晶，且順手掃了幾隻不烈雞，算算數量上與王者這邊擁有的加總是足數。而槍雨也在剛剛插播聯絡說正要帶蒂亞與貝貝拉來與他們集合。

「他們要過來？」

王者關掉面板，點頭道：「他們說正朝我們這裡過來，讓我們先在這邊等。」

既然大家都要過來集合了，那他們也不能隨便亂跑，思考一會兒，王者找塊空地坐下。

許久，見雷皇不知為何一直站著張望四周，王者拍拍身旁的空位，喊道：「雷皇，坐下來等吧。」

雷皇收回觀望的視線，將雷蛇收回腰間，來到王者身旁的空位盤腿坐下。

雷皇將披散的鬢髮撥至耳後，順手的模樣讓王者眨了眨眼。

似乎是注意到旁邊的視線，雷皇轉頭，卻是對上王者緊盯著自己瞧的眼，盯到最後雷皇背脊都有些毛了。

「有、有什麼事情嗎？」難得脫口而出的話語是結巴。

王者雙手合掌靠在嘴前，一臉認真道：「……沒什麼，只是發現新大陸。」

不明白王者話中意思的雷皇愣愣問：「新大陸？」

「就……」

「轟隆隆——」

地面傳來的不尋常震動打斷王者正要脫口的話語。

巨大的黑影從天覆蓋遮擋光線，雷皇與王者趕緊起身抽出武器，向後一看——巨大龜腳從天而降！

王者和雷皇趕緊跑開閃躲，只是就算腳程快，兩人卻還是擋不住突如其來的攻擊，「砰」的一聲，巨腳重重踏地掀起狂風沙潮，從背後席捲而來的強風將奔跑中的王者掀翻、打了好

幾個滾。

咳出嘴裡吃到的沙霧，王者從地上狼狽爬起，抬頭觀望來襲的怪物。

不看還好，一看王者整個人都呆了。

那是一隻看起來莫約五層樓高的紅色巨型烏龜，烏龜的四腳遍布鱗片，在陽光下倒映著閃閃光澤，牠身後拖著一條像是蜥蜴才會有的長長尾巴，連頭上都莫名其妙的梳著飛機頭的髮型。在似龜不是龜的怪物頭頂上方則有一行字——「LV. 123 食葉龍」。

「等等等等等——我印象中的食葉龍可不是這副樣子啊！」王者指著怪物，激動控訴。

她之前解過任務也有打過食葉龍，想當初她打的食葉龍明明就是小小一隻、不過到她小腿的高度，又可愛，很像古早電玩裡的「泡泡龍」，就只是等級高，她要打很久和防禦反擊才能打掛對方……但眼前這突變種的東西是什麼！？

「看起來是之前玩家反應掉寶機率太稀少，解任務很花時間，所以官方就趁這次活動一起進行調整，似乎改成每天的正常食葉龍裡會出現一隻突變種食葉龍，只要打倒突變種食葉龍就一定能掉出玻璃鞋，只是打倒的難度是正常版的二十倍。」不知何時打開怪物圖鑑的雷皇邊閱讀邊說明。

聽完解釋，王者翻了個白眼。

當時她和其他五、六個人一起圍毆也要五分鐘才能打死一隻，現在變成二十倍……這已經不是時間性的問題，而是當初那種攻擊火力與防禦都提升了二十倍，要不是等級真的高到一個程度，哪個白痴玩家會挑這東西來打！

「雖然我們都兩百等以上，但這東西只有我們兩個……」王者再次眺望眼前的巨龜，吞下唾沫。

雖然她打過的怪有幾百種，但眼前這怪物在她的直覺裡是絕對惹不起，雖然等級比他們低，但當初那種火力再提升……

食葉龍張開嘴，藍白的光焰凝聚於嘴前，逐漸形成一個巨大的球體——

王者的眼眸中倒映出那危險的藍光，雙腳卻還陷於那股無法反應的情緒裡動彈不得。

見王者像是陷入錯愕般的狀態，雷皇趕緊朝王者奔跑而去，右手遞伸向前。

「王者！」

一切的景象在雷皇眼裡突然變得緩慢，不管是時光的流逝、樹葉的飄動，還是那張在自己心裡存有愧歉與初萌情感的臉龐。

下一秒，光球射出——

「轟隆——砰！」

劇烈的爆炸將森林的大片樹木捲入其中！

「呦～算得剛剛好！」

身後傳來的聲音，讓剛碰面的嫩B、莎娃蒂、日天君與靜電同時回望，只見槍雨正揮手走來。

貝貝拉和蒂亞跟在槍雨的身後，雖然臉色還有些差，但比起剛剛吐得半死的狀態看起來要好太多了。

一行人集合後，開始繼續朝王者與雷皇所在的方向前進。

「貝貝拉、蒂亞，你們還好嗎？」日天君關心詢問。

「蒂亞已經沒事了，謝謝您的關心。只是蒂亞竟然在大少爺面前如此失態，蒂亞真的、真的……」說到一半眼眶也跟著泛紅，蒂亞為自己沒能在主人面前表現得像樣而氣惱頹喪。

「蒂亞你說的這是什麼話！我就最愛看你失態的樣子，這麼可愛的模樣可不是人人都能有的哦！」槍雨趕緊上前一把抱住蒂亞，食指一勾拈掉蒂亞剛摔出眼眶的淚，低頭往下靠，漂亮的嘴脣貼近蒂亞的頸部，炙熱的吐息讓蒂亞瞬間敏感得紅了臉，閃光的背景與愛心瀰漫在兩人周圍。

所有人有志一同的裝作沒看見，任那兩人卿卿我我去。

「還好吐一吐就舒服了。」貝貝拉雙手扠腰，瞪向靜電道：「不過靜電妳為什麼不先說藥有怪味！」

雖然說他自己是問也沒問就直接第一個出手拿藥沒錯，但再怎麼樣，身為製藥者的靜電也該事前通知，給人家心理準備啊！

「我並不覺得我製作的藥水有怪味。」靜電雙眼瞇成柔和的弧度，微笑看著貝貝拉。那笑，如同春風拂過胸口，讓人心癢癢。

被自己心儀的對象如此盯著看，貝貝拉倒是瞬間冒出是自己小題大作的想法，原本高漲的氣焰像是被瀑布淋下般的只剩下薄煙。

貝貝拉雙手在背後搓握著，略微扭捏的轉著身子道：「呃……是、是啊，應該是我神經太敏感了，妳那麼用心做的藥水怎麼可能會有水溝味呢？我會吐得那麼慘一定是中午吃壞肚子了。」

——結果現在變成自我催眠嗎？

其他人眉間揪成怪異弧度。

戀愛總是盲目的，在極度想攻略靜電的貝貝拉眼裡，不管喜歡的人有任何錯誤都不是錯誤，尤其是對方回眸的珍貴一笑更是任何事情都比不上，藥水怪味什麼的統統是虛幻一場，嘔吐噁夢什麼的都滾蛋吧！

「跟雨哥比起來真是有過之而無不及。」嫩B撐著額，嘆息隊伍裡又多了一名淪陷於愛情漩渦裡的祭品。

莎娃蒂雖然默默無語，但還是可以看出他的眼裡出現了認同的目光。

日天君苦笑的擺了下手，「個人意志，這就不是我們能干擾的。不過，能按照自己的心意去行動，也沒什麼不好。」

心裡有任何想法就直白的表達出來，老實說，她挺羨慕槍雨和貝貝拉，至少他們對自己的感情很坦白。

肩膀和手臂突然被人一拍，日天君看著來到自己身邊、一臉神色凝重的嫩B與莎娃蒂，還沒出聲詢問，就見兩人同時露出認真的表情，搭在肩上與抓住自己手臂的手多了沉重的重量，他們道：「辛苦了，我們都懂。」

「啊？」

「都這麼久還沒成功，真的，辛苦了。」兩人再次說道，這次話語裡多了惋惜與沉痛。

嫩B快步超過日天君，回頭認真的點了點頭；莎娃蒂對著日天君豎起大拇指，表示他會持續替她加油。

原本搞不懂兩人的意思，但在思考之後，日天君終於明白嫩B與莎娃蒂的意思。搔了搔頭，日天君喃喃：「是該加油……」

雖然她很想直接向那個人坦白情感，但只要想到對方是否會因為她的積極而嚇跑，她就不敢再進一步動作，所以她一直忍耐著不出手，等待對方回頭來到她面前，向她誠實述說與她有著相同心情的話語。

「轟隆——砰！」

突然，遠處傳來撼動地面的劇烈爆炸聲響，逼得正沉溺於自我世界的人紛紛回神。下一秒，熱風席捲而來，雖然風速並非狂風，但還是將樹木吹得嘎吱作響。

日天君趕緊屈膝穩住身子，待震動停下、熱風消散，她環顧四周，其他人一一放下遮風的手。看起來大家都沒事，只是怎麼突然有這炸聲？

——旁邊的草木並無異狀，也沒有爆炸的火光，這樣看來打鬥應該是在稍遠處……

——等等，那方向不是……！？

心裡揚起不安，日天君不顧其他夥伴的叫喊，逕自朝爆炸來源的方向狂奔而去。

踏著飛快的步伐穿梭在草木間，乞求著那人別出事，但就在日天君迎向亮光處、衝出草叢時，雙眼頓時睜大，蜜色的脣因為錯愕而張開。

在她眼前是一個約半個足球場大的焦黑坑洞，熱氣從坑裡不停散出，四周的草木皆因那劇烈的攻擊而燒得焦黑光禿，毫無倖存的綠意讓日天君的視線幾乎無法凝焦，手腳不聽使喚的無法動彈。

這裡是她和王者說好要集合的地方，如果說剛剛的爆炸是針對王者與雷皇而起，那麼這樣大規模的攻擊……

喉嚨無法出聲，日天君只能傻傻的盯著那坑洞看，她觀望四周拚命去尋找那可能殘存一點希望的身影，可是當她看見那在坑洞邊的燒焦布料時，即便知道眼前正有危險逼近，卻再也無法移動步伐，只能盯著那塊應該是穿在王者身上的洋裝布料。

黑影從天落下，她的雙手手臂突然一緊，視線遠離坑洞——一隻巨型龜腳瞬間踩在日天君剛剛所站之地！

土地落陷成一個大坑，狂亂沙風捲起。

當日天君回過神時，才發現自己差點死在那隻巨龜腳下，若不是剛剛有人將自己抓離開……咦？

視線一轉，日天君看著抓著自己雙手的兩人，訝異不已。

「王者、雷皇！？」

爆炸聲響，強風襲捲，當雷皇睜開眼時，才發現前方的森林已成焦黑廢墟，而自己正離地好幾公尺吊在半空中，往旁一看，王者秀氣的臉與自己距離近到只剩十公分，且露出嚴肅的表情。

纏綁枝頭的紅色緞帶鬆開，王者帶著雷皇一同落地，百公尺長的紅色緞帶自動縮回刀柄尾端。

「還好開發了新技能，不然我們兩個真的會被消滅得連渣渣都不剩。」王者坦然聳肩。注意到雷皇的呆愣視線，王者帶著歉意道：「剛剛真抱歉，因為沒心理準備，不小心就被那隻食葉龍嚇到了。」

還好她在對方發動攻擊的前一秒回神，直覺抓了往她撲來的雷皇就趕緊發動武器衍生的技能——刀柄的護帶飛快衍生出驚人的長度纏上一棵距離遙遠的樹木枝幹，一個飛速拉縮，王者帶著雷皇迅速逃離食葉龍的轟炸範圍。

「妳……沒事吧？」

面對雷皇的提問，王者笑著擺擺手，道：「我沒事。」

隨後，王者拉起邊邊被燒破一個洞的裙襬，嘆息：「只是貝貝拉借的裙子破了，希望會合後不會被她踹。」

看見王者安好無事，雷皇終於鬆了一口氣。只是本來是她要救人，沒想到卻反被救了。

「不過，剛剛真的是謝謝妳呢。」

「咦？」

「剛剛，妳衝來想要把我推出食葉龍的攻擊範圍。」

雷皇一愣，不自在的別過頭，耳根有些紅，「……這沒什麼，在那種時刻其他人也會這麼做。」

「真的謝謝，雷皇。」

雷皇慶幸自己當初選了暗黑精靈這種族，至少這身深色皮膚讓王者看不見她現在的臉紅模樣。

「不過這破壞力真不是開玩笑的，光靠我們兩個真的打不贏。」觀察與自己隔了一個坑洞距離的大烏龜，王者臉色凝重，繼續道：「我看還是先去跟其他人會合後，再討論看看是要合作打打看，還是去挑戰那百分之一的機率。話說……這傢伙該不會是因為我們喝了靜電的幸運藥水才引來的吧？」

王者真的很懷疑。

畢竟剛才明明沒見到周圍有不烈雞以外的怪物，結果一眨眼這傢伙就出現了，而且還是改版後百分之百掉寶率的突變食葉龍。以撿寶率來說確實是特級幸運，但是以對打率來說，卻是極度不幸。

「如果是的話，雖然幸運度確實提升，但遇見這種對手也沒轍。」雷皇也覺得眼前的怪物不好打。

總結來說，是個不知道是幸還是不幸的結果，但不論如何，確定的是光靠他們兩個人是無法打敗這隻突變食葉龍。想到這裡，王者和雷皇還是決定先撤退去找同伴，只不過正當他們準備離開時，草葉磨動的聲音入耳阻止他們的步伐，定睛一看，只見斜前方的坑邊出現了眼熟的人影。

「日天君！？他們來得這麼快？」

王者先是一愣，隨後想起這處還有隻難纏的大怪物，視線一移，果真看見坑對面的食葉龍將目標移到日天君身上，屈膝一彎，雙腳用力蹬，就朝日天君飛躍而去。

「開玩笑的吧！那隻烏龜竟然這麼會跳！？」王者驚訝。

不須言語，王者和雷皇立刻朝日天君所在的方向飛奔而去，在食葉龍落下的前一刻，一人一手抓住日天君就是向前奮力一跳！

一個剎步止住差點被沙風吹捽的步伐，三人驚險躲開食葉龍的腳擊。

「王者、雷皇！？」

轉身注視前方雙眼發出殺光的突變食葉龍，王者當機立斷使出一招大型技能砍招——

「冰靈月爆．華碎！」

月牙形狀的銀色利光橫擊上食葉龍的胸前軟甲，像刺般的冰塊從與刀光接觸的軟甲上生長竄出；隨即，雷皇跟著使出一招「雷霆鳳凰」，巨型火鳥正面迎擊突變食葉龍，阻止對方前進的腳步。

不敢浪費時間，王者和雷皇拉著日天君爬起轉身就跑。

「等、等等！王者……」

「有話等一下再說，先跑吧！」王者回頭喊。

看見雷皇和王者忌憚後面怪物的模樣，日天君也認知到現在確實不是個關心的好時機。雖然王者的裙子被燒破一個洞，但看起來並不像是受傷的模樣，可能是閃避那道炸波時，不小心被波及到裙邊。

剛才看見那塊焦布時，真的嚇壞她了。

樹叢飛快掠過，腳步重踏發出沙沙磨聲。日天君、王者、雷皇三人大步奔跑，看見正朝這方跑來的人群，王者趕緊大喊聲：「快跑！」

靜電一群人還摸不著頭緒，才剛莫名其妙正要詢問為什麼要逃跑時，地面再次傳來劇烈震動，那是一種很明顯某種重物用著逐漸加快的速度奔跑而來的感覺，一看見那從樹頂冒出頭、雙眼放殺光的巨型烏龜，所有人瞬間嚇傻了眼，二話不說立刻轉身狂奔。

「雞哩嘎嘎——」食葉龍發出詭異吼聲。

「我說這隻烏龜到底是哪來的啊！」閃過低垂的樹枝，貝貝拉忍不住大叫著問道。

「牠是食葉龍！」王者回答。

「牠哪裡像食葉龍了！當老娘沒打過食葉龍啊！」貝貝拉激動回喊。

「不知道是誰反應掉寶率太低，很浪費時間，結果這次萬聖節活動官方就一起做了調整才變成這副模樣，總之就是一天會出現一隻的突變種，掉寶率百分之百。」雷皇補充說明。

「那也要玩家打得過才能掉出寶啊！」貝貝拉整個人怒了。

看王者一群人落荒逃回來的模樣，他用膝蓋想也知道這隻怪物一定很難纏，尤其現在又處於一個停下步伐就會被踩死的尷尬狀態，沒計畫、沒準備……雖然很不甘心，但還是先逃跑吧！

不知不覺，日天君從人群中跑到最前頭，如同往常一樣準備帶領所有人逃出生天。

突變食葉龍張嘴「達達達」的射出數顆小型光球。

「轟——砰——！」

伴隨劇烈藍光，森林被炸出坑坑洞洞。

一行人一邊閃躲炸波，一邊逃跑。

「哎呦！」

常常在逃跑中出現的跌倒聲音讓眾人直覺性的聯想到某人，只是這回頭一看，那某人竟然不是蒂亞而是槍雨。

槍雨揉了揉摔疼的屁股，看了一眼身後逐漸逼近的龐然大物，慌張的想爬起，只是還沒站起就因為腳疼而跌回原位去了。

正當槍雨陷入恐慌時，身子突然被人橫抱騰空。

「大少爺，請恕蒂亞失禮了。」

不同於以往的嬌弱模樣，男性的蒂亞整個人散發出「可靠」氣勢，就連抱起槍雨也無任何吃力表情，輕鬆自在。深吸一口氣，蒂亞一個凜神，抱著槍雨快步追上其他人。

強而有力的手臂，隨著風速飄亂的短髮，以往柔弱的眼眸映滿毫無猶豫的堅定，槍雨注視著蒂亞的側臉，胸口的地方揚起了熱度，心跳加快，怦怦跳動的聲音連耳膜都跟著被影響而震動。

揪著自己的領口，從傲人胸峰傳透而來的力度讓槍雨再也無法掩飾自己臉上的燙意，雙手一伸環上蒂亞的頸部——槍雨將臉埋進蒂亞的肩窩裡。

或許是對於槍雨突如其來的舉動感到驚訝，但看見女子那在髮絲遮掩下隱隱發紅的耳根，蒂亞也紅了臉，槍雨的情緒好像從接觸的地方傳進他的心裡。

——不想放開……

這句話充斥著蒂亞的腦袋。

「往這邊！」

日天君一喊，所有人立刻跟著她拐彎跑，也將蒂亞從情緒中抽回神，趕緊抱穩槍雨追著跟上。

閃過樹枝、跳過草叢，一群人跟著日天君左彎右拐。

日天君靠著自己從未失誤的直覺與精確眼力看準逃跑路線，將重重樹木當成天然拒馬，企圖減緩後方追擊的聲響。

草木飛快掠過，眼前的風景快速變換，然後雙腳衝出草叢——

日天君叫了聲：「停！」趕緊剎步。

腳尖停在幾乎看不見底的懸崖邊，小石頭因踢落而咚咚咚的從崖壁跳著落下谷底。

日天君沒想到自己引以為傲的直覺竟會失靈。

背部被人撞上，日天君趕緊將力量全集中在腳部穩住下盤。

「停、快停！」剛剛撞上日天君的貝貝拉趕緊朝後喊，只是這聲喊根本來不及讓所有人及時停腳。

一個、兩個、三個……一群人像骨牌般一一撞上前方人的背，最後蒂亞抱著槍雨狠狠撞上，就算是日天君也阻止不了這樣的壓迫，努力穩住的雙腳瞬間崩盤，一群人全摔出山邊往谷底墜落——

「撲通！」

隨著碎落的小石頭，所有人摔進湍急的河流裡，連東南西北都還沒看清楚就被水流沖走，一去不回頭。

突變食葉龍追出森林，看見那小小的山崖邊空無一人，發出憤怒與不甘的巨吼聲：「雞哩嘎嘎——」

「咳、咳咳！」

王者一身狼狽的爬上岸，連咳出好幾口水，還打了一個超大的噴嚏。

揉揉鼻子，王者環顧四周，才發現自己正在一個區域不大的河岸。兩邊有許多岩石堆積形成一個天然的隔離屏障，屏障中央有個山坡地勢，可進入較高、滿是樹木的森林，而她身後隔著大河的對岸則是高到看不清頂的嚴峻山勢。

——不過是解個小任務，為什麼卻搞得這麼狼狽？

身後傳來拍水的聲音，王者趕緊跑回河裡，將落水的夥伴一一帶上岸。

蒂亞和槍雨、雷皇、日天君……

接著，王者跑回岸邊張望，卻不見其他人影。

「貝貝拉！嫩B！莎娃蒂！靜電！」大喊呼喚著，可回應她的只有流水的涓涓聲音。

——他們不會被沖到其他地方去了吧？

打開通訊器試圖聯絡，另一邊卻無人接通，這讓王者很不安。

突然，一道呼喊救命的聲音入耳，想也沒想，王者跳進河裡游向那正在水中胡亂划水、好似快溺斃的人影。

「王者！？」

日天君拍撫胸口順氣，緊張的注視那接觸到水中人並開始朝岸邊游來的王者。等王者一靠岸，日天君和雷皇立刻上前幫忙將那人拉上岸。

「蒂亞，扶我去看看。」腳扭傷的槍雨吩咐。

蒂亞立刻將槍雨的手拉搭上自己的頸肩，扶著槍雨走向四人所在之處，只是當他到達時，看見那被救上岸的人卻是深深一愣，問：「她是誰？」

全身是毛的動物形態，看起來是獅子種族，而且還是隻無鬃毛的母獅子。

「謝、謝謝……」

獅子獸人邊喘氣邊道謝，一身疲累的狼狽模樣看起來應該在水中掙扎許久，若沒有王者相救，穩會溺斃無誤。

本以為自己拉回來的是夥伴，誰知道竟是個不認識的獅獸人……只是這身布料怎麼怪眼熟的？

王者眉頭深鎖思考，隨後錯愕的張大眼，指著眼前的母獅子，錯愕不已的說：「等等，妳該不會是……！？」

與此同時的另一邊，正在執行某項公會任務，隸屬於公會「白羊之蹄」第 168 分隊的六名隊員正在四處搜尋他們那一位走散的隊員。

頂著一頭天藍長髮的秀氣女子——半天前還是男兒身、隊伍的掛名隊長扉空，正頭痛的翻找草叢，就怕一個不小心漏掉了可能有的坑洞陷阱，錯失找到失蹤夥伴的機會。

「好不容易清爽點，結果又變回這長髮模樣。」找尋許久的作業讓冰精族的扉空還是不免留了一身汗。

如果是短髮就算了，偏偏這官方的惡搞活動在性轉的同時也變更了頭髮的長度，長髮黏在頸部讓扉空一整個就是悶熱。

從裝備欄裡拿出許久未用的髮飾將頭髮綁起，扉空暗罵了幾聲「這死伽米加又給我惹出這麻煩」、「走路不小心點又亂踩東西」、「幹嘛每次不是弄到陷阱就是走丟來惹麻煩」諸如此類的話。

雖然心裡煩躁，但說到底還是自己的夥伴，扉空也只能邊罵邊認命的找。

「扉空，妳有找到伽米加嗎？」身穿一身紫色武打套服、比扉空矮了一顆頭的少年花花兒跑到扉空身旁詢問道。

扉空吐出一口悶氣，搖頭道：「沒有，這裡我都翻過了，完全沒有地洞，伽米加應該不在這裡。」

「這樣的話，到底會走散到哪裡去？我們一路跑來也是這條路，照理說往回找應該會找到，偏偏傳訊又不接。」花花兒一手環胸，一手托著下巴，露出苦惱的神情。

「我看我們還是先去跟其他人會合，再來討論要朝哪個地方找，或是等一段時間再聯絡看看。」

「也只能這樣了。」

正當扉空和花花兒準備聯絡正在別處尋人的隊友時，沒想到卻先一步接到隊友來訊，聽完隊友的話語，兩人立刻叫出地圖，邊看邊找往南方約幾千公尺遠的地方。

走著走著，不知不覺走出了森林，兩人最先看見的是無樹木遮掩的大河，河的對岸是座高聳的山壁。

左右張望一番，當扉空和花花兒看見聚集在河邊的人群時，兩人趕緊上前。

「荻莉麥亞姐！」花花兒跑到那名身穿馬褂與七分褲、身後揹一把狙擊槍的紅短髮男子身旁，詢問：「你剛剛說有發現人，是伽米加嗎？」

「不，我們沒找到伽米加……不過卻找到座敷和枒木認識的人。」

花花兒順著荻莉麥亞的視線望去，只見河邊有四名他不認識的人。

除了三名身上濕漉漉、眼呈漩渦轉的男女正被兩名擁有相似長相的雙胞胎孩童座敷童子與枒木童子推著試圖搖醒，還有一名站在河邊打量環境、身穿深色斗篷的斯文女子。

「是夢幻城的人，似乎和王者與其他人一起出任務，結果途中因為怪物追擊摔進河裡，被沖來這裡。」荻莉麥亞看向扉空解釋道。

扉空回想起那名有著溫和笑容的少年城主，雖然她是挺怕麻煩的，但當初王者不只對她有救命之恩，更在現實給予過她許多幫助，既然這些人是王者的同伴，那麼她就不能放著這些人不管。

「荻莉麥亞！」

一旁傳來熟悉的呼喊。

眾人回頭望去，只見愛瑪尼小跑步來到荻莉麥亞身邊，攤手道：「那一帶我都找過了，完全沒有找到人。」

——至於伽米加……

扉空不耐煩的擺了擺手，說：「我看我們先待在這裡，等其他三人醒了之後再看看他們要去哪，如果需要幫忙就幫吧。至於伽米加就別找了，每次都出這種包，讓她自己爬回來！」

[第五伺服器]

萬聖節就是要打女巫啊，不然要幹嘛？

夜晚，貓頭鷹佇立枝頭，腦袋轉個三百六十度觀察四周，一邊發出「咕嗚嗚」的叫聲。

小小的岸邊空地，六人以火堆為中心圍繞，席地而坐。

蒂亞拿著傷藥替槍雨的腳踝上藥，一邊朝那名被王者救上岸的母獅獸人伽米加投射好奇視線。

之前因為某公會委託，所以王者運用人際關係組成聯合軍隊，攻城解救那個被囚禁的公會會員，戰事結束後也邀請那些人一起前來夢幻城參與創城周年的慶祝盛典，伽米加就是當時被營救的人其中之一，他記得還有另一名很漂亮的男生……

不過，現在在他們眼前的伽米加並沒有當初那雄壯威猛的模樣，反而那雄性威嚴代表的環頸鬃毛都不見了，連胸部處都可見明顯的弧度。雖然這麼想很不應該，但是其實這變化真的……有點好笑。

「所以說……妳和扉空他們因為解任務而不小心誤闖到蟻巢，還踩破『蟻后』的卵，結果就被兵蟻追殺，弄到最後妳和扉空他們走散，又不小心被兵蟻追撞進水裡，就一路漂來這邊？」

王者統整剛剛從母獅……喔，不，是被性轉後的伽米加的敘述，說出總結。

伽米加點頭，一巴掌抹上臉，「我一直想辦法要靠岸，誰知道卻一路被沖來這裡，好死不死又腳抽筋……本來我以為自己會就這樣溺斃，幸好遇上王者城主您相救。」

說到這，伽米加摸著下巴打量眾人的新樣貌，最後視線停在王者身上，打趣道：「不過，若不是您先說，我可真認不出來，還以為是別的美女玩家，哈哈哈……」

王者尷尬一笑，沒有對伽米加的調侃發怒，這樣的反應也讓伽米加感到訝異。

伽米加雙手交叉相疊放在胸口，戚戚道：「不愧是城主，度量就是不一樣，哪像扉空聽見我說這種話就直接扔了一大塊冰過來。說到底要哭的是我吧！她的性別有沒有改變也差不到幾分去，那麼計較做什麼……」

想起當時被扉空拿冰塊往死裡扔，伽米加一整個心酸。她可是整圈毛都不見了，還多了兩顆椰子，整個雄性威風全滅光光，又沒人可洩憤。

「叫我王者就可以了，敬稱也可以省略沒關係。」王者指著伽米加的手環，建議：「妳要不要跟扉空聯絡一下？他們現在應該很擔心妳。」

聽見這話，伽米加先是一愣，隨後敲了敲頭，嘆息自己聊天聊到忘了正事。

「看我聊一聊都忘了，那我先跟扉空他們說一下……」

說完，伽米加叫出通訊錄與扉空聯絡，只是接通之後說沒幾句話，原本開開心心的表情瞬間像是吃癟似的縮成乾梅樣，然後就如受虐的媳婦般縮著肩膀，唯唯諾諾的說著「扉空大人請息怒」之類的話。

觀察著伽米加小心翼翼的模樣，王者和其他人互看了一眼，心想：看起來扉空似乎在生氣吶。

當王者正在思考扉空究竟為何生氣的時候，請求通訊的面板突然從手環跳出，王者看了一眼來訊人，趕緊按下通話鍵，只不過出現在影像裡的人不是嫩B，而是兩張相似面孔——十二來歲的男孩與女孩。

更換性別對座敷童子和枕木童子來說並無差別，看起來只是髮色和衣色對調罷了。

「王者哥哥！」

一看見王者，兩個小孩子立刻開心的打招呼。

從那被擠到兩人身後的嫩B來看，枕木童子和座敷童子應該是抓著嫩B的手。

「座敷、枕木？你們怎麼會跟嫩B在一起？」

「伽米加哥哥失蹤了，我們本來在找她，結果卻發現嫩B哥哥他們，現在貝貝拉姐姐、莎娃蒂姐姐、嫩B哥哥和靜電哥哥都跟我們在一起呦～」

「咦！？」王者訝異的朝正在對通訊面板哈腰道歉的伽米加看了一眼。

天底下有這麼巧的事情？扉空他們要找的伽米加剛好被他們救到，而貝貝拉他們則是遇見扉空。

「王者，他們說什麼？」來到王者身旁的日天君好奇詢問。

「貝貝拉他們現在和扉空他們在一起。」

「這麼巧！？」

「我也覺得很驚訝。」

王者將視線落回通訊影像，和雙胞胎說了幾句，接著請雙胞胎讓位給嫩B接訊。

王者一邊查看地圖，一邊與嫩B確認雙方正確的位置點——他們現在雖然處於同條河邊，但相距卻有數十公里，且路中央恰巧卡個大鴻溝，要順著河邊過去見面是不可能，只能約在繞過鴻溝的樹林深處見面。

「那我們就約在那邊見面，沒意外的話，大概四、五天能到達。那就先這樣，你再幫我轉告其他人。」王者道。

「沒問題，你們那邊過來時也要小心。」嫩B比了個OK手勢。

影像轉黑，王者也關上通訊面板。

接受完扉空炮火攻擊的伽米加灰溜溜的摸鼻，關閉通訊，向王者道：「聽說你們的同伴現在和扉空他們在一起。」

或許是在面對扉空時低聲下氣的模樣被瞧見，伽米加比剛才多了不好意思的神情。

「嗯，我已經請嫩B轉告扉空約好見面的地點，接下來……可能要請妳暫時和我們同行，在與扉空他們見面之前，路上相互有個照應也好。」

喔，天啊！聽聽這話！扉空可從來沒有向她說過如此善意的話語！伽米加感動的心想。

「槍雨，妳的腳還好嗎？」王者轉頭詢問。

「扭傷而已，小事情，現在已經能動了。」槍雨不在乎的擺了擺手，轉動腳踝一圈。

「真的非常抱歉，都怪蒂亞沒跟在少爺身後寸步不離的看照。」蒂亞懊惱的道歉。

「唉，你怎麼又說這種話啊？多虧蒂亞一路抱著我跑，不然我早就掛了。」槍雨將蒂亞的鬢髮順至耳後，笑著打趣道：「不過這倒是新鮮的體驗，感覺挺不錯的，蒂亞，明天揹我看看吧。」

蒂亞眨眨眼，面對難得透露出撒嬌意味的槍雨，他紅著臉，重重點頭。

在槍雨與蒂亞甜蜜蜜的同時，一陣輕快的短樂隔空傳來，身為《創世記典Online》的玩家，大家都知道這是官方準備廣播前的音效。

「好像又要說什麼了。」王者下意識的抬頭望去。

黑色的天空除了星光點綴，連月亮都從圓形變成了一顆發光的巨大南瓜臉，另外，天空中騎在掃帚上飛來飛去的怪物除了早上所見的女巫，還多了巫師大象、穿著古裝的殭屍……誰能告訴她殭屍是來湊啥熱鬧？

對於創世開發團的品味，王者已經到了絕望地步。

「大概是活動宣傳吧。」雷皇聳了肩，臉上極度淡定。

「說不定是他們又想要安插活動了。」日天君苦笑著說。

「我能希望他們是準備解除性轉這項惡搞機制嗎？」伽米加一臉死目。比起新增活動，她更希望能快快找回男性雄風！

正當所有人抱持著各種想法思考時，幾秒後，熟悉的機械女聲透過廣播傳出——

『各位玩家晚安，在這隆重又奇妙的萬聖節，很高興《創世記典Online》成為各位度過浪漫夜晚的首選地點。在距離活動時間結束之前，我們將推出額外的新活動，讓各位除了用著新樣貌的身軀進行活動時，也能增加點小樂趣……』

「小樂趣？」槍雨和蒂亞互看了一眼，同時疑惑偏頭。

『本次的活動內容與方式相當簡單，只要各位玩家攻擊天空中騎在掃帚上飛的怪物，打倒一隻，就能獲得十點積分，依照您所累積的積分，在活動結束後可在官方的活動獎勵面板裡換取各級層的獎品，累積總額到達一萬點的玩家除了可以獲得大型的內外用造景擺設的兌

換資格，還能獲得官方贈與的神秘小禮物。』

『那麼，祝各位活動愉快。』

在廣播切斷的同時，王者托著下巴露出思考的表情。

雷皇詢問：「怎麼了？」

「我在想……既然官方新增這個活動，那也要能打到那些怪物才行吧，這樣的話不就只有飛行種族占有優勢？但是，官方不可能沒想到這問題，那麼我們又要如何打到掃帚上的怪物？雖然我對這個活動本來就沒興趣，不過……」

思緒突然中斷，王者感覺到背脊竄上一股毛異感，這種熟悉的感覺讓她瞬間垮下臉，喃喃道：「我突然有種不好的預感。」

突然，天上傳來尖銳的嬉鬧聲，且越來越近，王者還來不及抬頭，視線立刻被從前方撲來的身影遮擋，然後整個人就這樣摔躺在地。

耳邊傳來其他人的驚呼與重物趴地的聲音。

王者睜開眼，只見伽米加正跪在她上方護著，一手胡亂揮動試圖阻擋從天而降的女巫們，嘴裡發出低沉的吼聲。

看起來，剛才應該是伽米加發現女巫突然來襲才將她推倒。

「王者！」

雷皇和日天君想靠近，但才剛從地上爬起，另一名騎著掃帚的女巫又突然低空飛來，逼得她們不得不趴回地上閃躲這惡作劇的襲擊。

蒂亞拿出一支鐵鏟，緊張兮兮的護在槍雨面前，但看見女巫朝自己飛來還是不免嚇到棄械躲進槍雨懷裡。

「呀哈哈哈哈——Trick or treat！」

女巫嘻哈哈的高聲笑喊，笑聲尖銳難耐，就像是粉筆刮過黑板偶爾會出現的尖音。

女巫迎面飛來，手一撈，精準的揪住伽米加的衣領將獅獸人一把抓飛上天。

「唔哇啊啊啊啊——」

伽米加像個娃娃似的被抓著在天上連續翻轉了好幾個圈，旋轉的視線讓她差點暈吐。

伽米加的驚恐反應讓女巫更加興奮，女巫開心大笑，在一個衝上雲霄又急俯而下的飛行後，終於鬆手放過伽米加。

「撲通！」

伽米加悲慘墜河。

從水底鑽出水面，伽米加狼狽的四肢並用划水，試圖游向岸邊。

王者抱頭閃過一名女巫，瞧了一眼正朝河岸游來的伽米加，再看看其他因為女巫低飛而行動受限的夥伴，腦袋裡好不容易接上的理智線終於「啪」的又產生了裂痕，然後一秒後毫無預警的斷裂。

忍無可忍，無須再忍！

王者咬著脣，看準一個時機從地上爬起，毫無猶豫的直衝向火堆，抓起一根略長的、著火的粗木柴。

「Trick or treat個屁！要捉弄人也該有個限度！」王者的眼眸出現火光。

她雙手緊握木柴，用力往前揮棒，燃燒著豔紅火星的木柴不偏不倚狠狠打上正低空掠過的女巫臉上，女巫瞬間脫離掃帚，往後翻了好幾滾飛掠河面，帶出一條激烈的水花，最後重重撞上山壁，沉落水底。

發光的數字「10」出現在王者面前，沒過幾秒便緩緩消失。

又從天空中俯衝而下三名女巫，王者二話不說再次操起木柴就是屏氣連揮——三名女巫分別摔往各處，再度陣亡。

面前再度出現「40」的數字，但被王者直接無視。

「誰敢再給我過來就試試看！看我不把妳們打到滿地找牙！」王者咬牙切齒的朝飛在天

上還想再來的女巫們怒吼。

看出王者雖然長相柔弱，但實際上卻是非常憤怒與凶猛，騎在掃帚上的女巫們不敢再挑釁，叫囂了幾句後便飛上天空逃離而去。

確認那些女巫不會再來後，王者一瞬間如同虛脫般的跌坐在地，趴在地上深深呼吸。

「王者！？」

日天君和雷皇同時從地上爬起，來到王者身旁攙扶，就連蒂亞也瞬間扔下槍雨，上前關心道：「王者少爺！」

「明明剛才還依偎在我懷裡的！」心愛的人又落跑，槍雨整個人超錯愕。

「我沒事，只是突然有點累……對了，伽米加！」

想起那名落水的獅獸人，王者趕緊跑到岸邊查看，日天君和雷皇也趕緊下水幫忙拉回正在努力靠岸的伽米加。

「咳、謝、謝謝……」伽米加癱坐在地上大口呼吸。

還好扉空不在這裡，不然大概又會被她鄙視，抱怨她添麻煩吧。伽米加心裡苦笑的想。

「我覺得這裡不安全，也不知道那些怪物會不會又下來襲擊，我看不如先進森林裡找個遮蔽物比較多的地方紮營吧，至少有東西擋著那些怪物，也不容易靠近。」

蒂亞的提議獲得在場人士一致認同。

王者提起裙襬從地上爬起，拿起兩根燒著火的木柴，一根自己拿，一根遞給雷皇。日天君幫忙扶起伽米加跟在兩人身後，蒂亞抱起槍雨。

一行人離開岸邊，走進森林裡。

三天下來，王者一行人按照約定的見面地前進，隊伍裡雖然少了熟悉的四人，但多了一名新同行的夥伴——伽米加。

其實伽米加算是挺好的人，有危險就衝第一個進入戰場，反應也算靈敏，更重要的是抓動物當晚餐非常上手，跟日天君完全不相上下。王者不懂這麼好的人為什麼好像很怕扉空……應該說為什麼扉空會對伽米加不滿。

心裡默默思考著這個問題，腳步也跟著前方的步伐拐彎走進右邊的小徑，王者眼一瞧，看見樹上被利器劃出一個「X」字的痕跡，終於忍不住舉手喊道：「停——！」

前方五人頓時停下腳步，一臉疑惑的回望過來。

「這幾天我就一直很想問……」王者臉色凝重，指著帶頭行走的日天君，認真問：「日天君，妳是不是迷路了？」

「迷路！？」搶在當事人前先反應，槍雨擺手，語氣非常肯定的否定王者的推論：「不可能、不可能！日天君是我們城裡——不，是我們遇過的人裡號稱腦袋可以媲美電子地圖的人耶，說她會迷路？絕對不可能！」

「蒂亞也是相同看法，日天君絕對不會迷路的。」蒂亞附和道。

雷皇皺起眉，開始左右張望觀察環境。

伽米加是一臉摸不著頭緒的搔著頭。

「這棵樹我之前有做記號，到現在我已經看它出現三遍了。」王者穿越四人來到日天君面前，昂頭瞧著她問：「日天君，妳應該不會沒有發現吧？」

原本低頭未發一語的日天君在幾秒後終於對上王者與其他人的詢問視線，苦笑著搔了搔臉，說：「呃……其實我也不知道為什麼自己的腦袋會失準。」

此話一出，眾人全發出錯愕怪叫：「誒——————！？」

所以日天君真的迷路了！？

「那妳怎麼不早說？可以翻地圖來看啊！」槍雨不懂為什麼日天君第一時間沒說，還帶所有人轉圈圈轉了好幾圈，偏偏他們也都沒發現。

「我本來想說等一會兒就會好，誰知道……」日天君露出尷尬的表情，認錯的縮了一下肩膀。

在她帶路逃離食葉龍的追擊沒有逃出生天而是跑到斷崖時，她就覺得有些奇怪了，可當時也沒多想，只當成是偶爾的失誤；後來這三天繞繞轉轉，她發現自己似乎一直經過原處，才驚覺自己是真的沒了那股敏銳的直覺。

從踏入《創世記典Online》開始，她最自傲的就是她的直覺，都帶人跑三天了，怎麼可能在此時叫出地圖承認自己已經迷路。

無可否認，骨子裡身為男性的她還是有不服輸的堅持與尊嚴——雖然那些堅持害同伴不停的在同個區域裡打轉三天。

「不過我們都沒發現，王者妳怎麼會發現？」槍雨雙手環胸，好奇的詢問。比起他們更路痴的王者沒道理會精明到發現路徑重複，這可比日天君迷路更讓人吃驚。

王者一愣，突然嚴肅的抿著嘴，露出思考的表情。

「不知道，直覺告訴我，我正在重複繞路。」

聽聽這話，這根本就該屬於日天君的臺詞竟從王者口中說出，槍雨、蒂亞、雷皇都訝異的瞪大眼。

不屬於夢幻城一員的伽米加一臉納悶，疑惑的問道：「這話有什麼不對嗎？怎麼你們那麼吃驚？」

「……那是妳不了解，王者只要自己獨自一人出去，連在城裡都有百分之九十五的機率會迷路，所以我們才在建城時將道路格局設計成所有通道相連，還交代城內店鋪老闆若是發現王者迷路就替她指路，這樣就算這傢伙真的迷路了，最後也能回到城堡……所以，一個路痴會說出這種話，這還能不讓人驚訝嘛！」

槍雨激動握拳，繼續說道：「而日天君完全不用靠地圖，就算再複雜的迷宮也能靠著直覺找到出口，且準確的避開設有陷阱的通道。」

兩個擁有完全相反特質的人，現在卻變成特質互換，日天君嚴重迷路，王者靠直覺發現他們正在繞路，難怪夢幻城的人聽見那句話會這樣驚訝。

伽米加了解的點了點頭，嘖嘖稱奇：「原來如此。」

「有需要說成這樣嗎？好歹我也有沒失準的時候過呀！雖然次數很少就是了……」王者喃喃抱怨。

「王者少爺請別灰心，蒂亞知道您非常努力呦～雖然次數微乎其微，但還是有準確的時候！」蒂亞雙手握拳替王者加油打氣。

「不，蒂亞你這麼說我反而更絕望呀……」

「咦？」

王者無奈的嘆氣。好在她早就練成了鋼鐵意志，不然現在肯定躲到角落去種香菇了。

「我看保險起見，接下來還是看地圖去走吧。」

王者叫出地圖，輸入約定地點的座標後按下「確認」，一個紅色的指示箭頭出現在路面上。當然，這只有指引該名使用者的功能，也就是僅有王者自己看得見。

王者收起地圖，箭頭並未隨之消失，而是繼續指行。

「不管到底是日天君的直覺失常，還是我有沒有獲得精準直覺，用地圖的指引就沒話說了吧。」王者雙手扠腰，撇了撇嘴。

自認自己已無導航天分的日天君自然無話可說，率先乖乖的跟隨；雷皇本來就沒什麼意見，誰來帶路都無所謂；槍雨、蒂亞、伽米加則自動緊跟在後。

靠著地圖指引，一行人總算有所進展，重新朝約定地點前進。

不知不覺天空轉為黃昏，所有人開始四處找尋較為隱密的紮營地點。

「那裡好像有個洞穴，不如就在那邊紮營吧，省得時間一到，那些天上飛的看見我們又開始找麻煩。」伽米加用拇指比了比旁邊被幾棵樹圍繞出一個天然屏障的山洞。

這幾天只要到遊戲時間約晚上七點左右，天空中坐在掃帚上飛的怪物就會降低飛行高度，尋找地面上可捉弄的對象，第一天好不容易靠著王者的強勢趕走牠們，沒料到第二天又遇到相同狀況，好在前一天有過經驗，一群人很快就拿起各自的武器反擊，將來襲的怪物打得落荒而逃。

但每天這樣搞，就算身體不累，心靈也會累趴趴，所以眾人學聰明了，找樹木較大、遮蔽障礙較多的空地紮營，至少能確保那些掃帚怪物看不見他們就不會飛下來找麻煩，就算想飛下來也會因為遮擋的樹枝交錯複雜而放棄行動。

雷皇來到山洞外，稍微用雷蛇砍斷幾根遮擋中央通道的樹枝，探看內部。

夕陽稍稍照進洞內。

雷皇朝伽米加點了點頭，再望向其他人，道：「看起來還算空曠，應該可以。」

「那我們今天就在這山洞內休息吧。」日天君說。

王者邊觀察打量周遭，邊進入洞內。

如雷皇所說的，洞裡還算空曠，容納二十個人也不是問題。

叫出一個提燈放在洞穴中央，明亮的火光照亮空間。商店有販售這類方便的照明工具，在天色稍暗暫未生火前，王者會先拿出這種提燈進行照明。

其他人依序進入洞穴，紛紛挑了個空位坐下，稍作歇息。

「那我先去附近找些好生火的木柴。」

見王者離開山洞，日天君立刻從地上爬起跟上，輕喊：「等等，王者，我跟妳一起去！」

王者看著日天君，笑得體貼：「不用擔心啦！我會小心別踏到什麼怪陷阱，或是進入野獸的攻擊範圍，妳和其他人在這邊等就可以了，何況妳現在……不太好認路，要是和我走散也危險。」

「雖然現在我確實無法帶路，但我還有自保能力。」

日天君突然加重的口氣讓王者一愣，隨後王者抿嘴，垂頭，「抱歉，是我說得不妥。」

脫口的話收不回，其實日天君並沒有責怪王者的意思，只是原本自信的特質失準，讓別人無意的話到她耳裡都變成刺耳。

「……不，是我太敏感，抱歉。」日天君無聲嘆氣。自己也真是的，怎麼就對王者發脾氣了呢？

就在日天君思考要說什麼話來彌補這尷尬的氣氛時，王者遲疑的傳來話：「不然……等等妳別離我太遠，如果真的不小心走散了，就靠地圖會合，好嗎？」

王者率先釋出善意打破沉默，日天君當然二話不說立刻答應，表示絕對不再堅持自己引以為傲的直覺，而是會乖乖開地圖當指引。

既然日天君都答應了，那麼就這樣吧。王者觀察了一下周遭環境，指著左方的森林提議到那邊去找木柴，日天君也尾隨跟上。

就在兩人離開後，洞內盤坐的雷皇才收回視線。

「唉～這樣可會一直沒機會呀。」

槍雨的喃喃細語讓蒂亞一愣，詢問：「大少爺，您剛剛說了什麼？」

「沒事沒事。」槍雨哈哈笑著彈了下手指，朝伽米加招了招手說：「嘿，伽米加，反正現在也閒著，不如來玩點遊戲打發時間吧！雷皇和蒂亞也一起來吧！」

「喔，要玩什麼？」伽米加好奇的問。

槍雨叫出四根細木棒，分發給其他三人，一人一根。

接著，槍雨拿著細木棒在地上隨手一劃，方正的切割格子瞬間用螢光線條顯示出現，格子裡還不照順序的跳列著一到二十五的數字。

槍雨笑得燦爛：「來玩賓果吧！」

[第六伺服器]

Trick or treat～南瓜人突襲！

王者撿起地上的枯枝抱在身側。

「給我吧。」日天君抽走王者抱著的樹枝堆。

「如果抱不動就分一些給我。」之前日天君說她在城裡壓制雷皇時發現自己不太能使上力，王者擔心日天君又在逞強。

「我可以。」

見日天君並沒有吃力的表情，王者也放心的點頭，繼續多撿一些枯枝交給日天君。

夕陽尚未西沉，天空處於一種昏黃的色調，有些明亮，也有些深沉。

日天君注視著前方找尋枯枝撿拾的背影，終於忍不住喚道：「……王者。」

「嗯？」王者並未回過頭，視線依然放在地上的枯枝。

「妳……覺得雷皇如何？」

突如其來的問話讓王者停下動作，回頭望去，表情變得疑惑，「什麼雷皇如何？」

「就……」日天君雙眼垂下，抿了下乾澀的唇，她問：「妳對雷皇，有什麼想法？」

「想法？」王者下意識的抬頭斜望，思考著說：「年紀輕輕就像老頭子一樣嚴肅……對事情都很認真，也靠得住，重要的是實力挺強的！」說到這，王者露出笑容，「這樣說來，能認識雷皇挺好的，只不過多點笑容會更吸引人。」

王者的回答令日天君臉色一沉，她用著自己都沒發現的酸口氣問：「妳對她有好感？」

「人不錯當然有好感。」王者點頭，隨口說完才意識到日天君剛剛那句問話的意思，瞬間瞪大眼，往後一退，原本抱著的枯枝因為鬆手而劈里啪啦的摔在地上。

王者慌忙揮手解釋：「我、我的好感是指當朋友這點而不是說男女相互喜歡的那種！我對每個人都有好感，槍雨、蒂亞、嫩B、貝貝拉……哎喲！我到底在說什麼……」王者抓住日天君的手，緊張道：「總之日天君妳懂的，妳懂的吧？」

見王者語無倫次的模樣，日天君噗哧的輕笑出聲，空出一隻手輕敲王者的頭頂要她冷靜下來，「我剛剛是開玩笑問的。啊啊、真是難得，多久沒看見妳這樣慌慌張張的樣子了。老實說我有點懷念以前的王者，有點呆、不經大腦、有時候會慌慌張張，然後……」日天君露出惆悵的微笑，「挺依賴我的。」

以前王者遇上任何事情，第一個想到的就是詢問她解惑、找她當聽眾，但那樣的日子卻隨著王者自身的改變而消失，王者不再以她一人為中心繞著打轉，而是變成了許多人圍繞的中心，王者的眼看著的是所有人，而不再只是單獨她一人。

明知道自己應該要為王者學會堅強而開心，但她卻沒法不去忌妒，也沒法遏止自己冒出的雜亂念頭——如果王者沒有改變該有多好……

「……如果一直依賴妳，總有一天妳會厭煩的。」

王者突如其來的話語讓日天君一愣，日天君趕緊反駁：「我不會！就算妳依賴我一輩子我也絕對不會厭煩！」

王者訝異，隨後苦笑的搖了搖頭，「就算妳不厭煩，我也會厭煩我自己。」

日天君注視著王者，看著對方重新撿起地上的枯枝，一邊說：「我啊，從以前開始就沒什麼特殊才能，只會默默的忍受，然後自怨自艾。」

她抱怨自己的人生，每天只想消失。

「妳的出現確實讓我找到了依靠，每次被欺負，就想著『沒關係，反正還有昊群哥』。有時候我也會想……拿自己的傷口來博取同情的自己真的很討厭。」

「不是這樣……」

「是這樣。我就是這樣。」王者看著日天君變得難看的表情，來到她面前，深吸一口氣說道：「我沒有妳想的那麼善良，我跟其他人一樣也有著負面，所以當我有個能改變的機會時，我很珍惜，我不希望自己厭煩自己，更不希望妳厭煩我，所以才拚命的讓自己不再依賴他人、依賴妳。」

當一個人被依賴一輩子，就算當初說得信誓旦旦，但最後一定會厭煩。並不是人心就是如此，與其說她不敢相信，不如說她不願相信，因為她不想自己再成為對方的重擔。

依賴，就是一種負擔，不論是甜蜜還是苦難，那就是負擔，沒有人真能承受一輩子。

「我希望能和妳平起平坐，並不是靠著依賴建立起關係，而是真的能承受無數重量、堅固的關係。」

唯有一起承擔，才能不被輕易摧毀。

「我真的，很珍惜我們的關係。不管是友誼或是……」王者停下了話語，在一個深吸氣後，沒有接下去說，而是轉了話：「我真的，很慶幸有妳在。」

不論任何因素，不管其他理由，如果沒有日天君，她想自己或許老早就放棄自己了，而不是能像現在這樣真正的有朋友陪在身邊，開心的大笑。

她對她……真的很重要。

枯枝落地的雜碎聲響傳進耳膜，當王者回神時，才發現自己正被日天君抱住，這讓王者不知所措。

耳根有些紅，心頭有些熱，女性的柔軟身態反而讓王者更能感受到那從接觸皮膚的地方傳遞而來的溫度。被日天君擁抱，王者腦袋有些亂，也無法思考自己接下來的行動。

「我也……很高興能遇見妳。」話語到最後還是用別的話取代，正因為她珍惜，所以才如此的小心翼翼。

正當王者咀嚼日天君的話意時，日天君突然往後退離。

「走吧，我們回去。」

日天君臉上已無剛才的陰鬱，而是如同撥雲見日的開朗笑容。

王者拍拍胸口，吞下那股讓自己抱持妄想的思緒，幫忙撿起地上散落的枯枝，將一半交給日天君。

「走吧。」

雖然不知道日天君是怎麼想的，但她希望自己能有勇氣邁進那一大步，正因為不再有依賴，她才能看得更清楚。

刻意放慢速度讓自己處於跟在日天君身後的狀況，王者看著前方的身影，垂下眼。

其實，她對她一直……

▲▲▲◎▼▼▼

當王者和日天君捧著一堆枯枝回到洞穴裡，第一眼看見的先是地面的螢光格子與被打叉的數字，再來看見的就是臉上被黑色線亂畫好幾撇的伽米加、雷皇，和正在被蒂亞拿著黑筆在額頭畫隻白兔的槍雨。

蒂亞的臉上倒是乾乾淨淨的。

「你們在……做什麼？」

發現王者回來了，雷皇趕緊將臉埋進袖口抹了抹，試圖掩飾自己剛剛輸了好幾輪遊戲的事實與蠢樣。

一不小心就玩上癮，啊啊，希望沒被看到。雷皇突生出失去某種重要東西的複雜感。

「哈哈，槍雨提議玩賓果遊戲，結果沒想到蒂亞是遊戲王呢！二十場全贏！」伽米加笑著上前，幫忙接過兩人手上的枯枝放在中央空地，一手抹掉自己臉上好笑的花亂圖案。

「那遊戲就到這裡為止吧。大少爺，我幫您把臉擦一擦。」蒂亞趕緊掏出手巾將自己剛剛在槍雨臉上塗畫的圖案再擦掉。

其實蒂亞整路贏得是心驚膽顫，畢竟槍雨說到底還是他服侍的主人，在主人臉上畫畫這可是萬萬不可的事情，他本來也沒多想，想說就玩遊戲，輸了是剛好，卻沒想到居然把把贏！槍雨對於被人在臉上塗鴉是一副完全不在意又新奇的模樣，他卻是塗到手發抖，想喊停，槍雨卻搶在他開口之前宣布繼續玩，就這樣一路玩了二十場、贏了二十場、在三人臉上塗鴉了二十次。

「下次再繼續玩吧！」槍雨笑得輕鬆，完全沒有自己是輸家的感覺。

收起賓果遊戲專用的細木棒，槍雨清空地面。

看起來他們兩個不在時，這群人似乎玩得挺開心的。王者和日天君互看一眼，笑了笑。

王者來到雷皇身旁坐下，瞧了一眼，指著自己的右邊下巴處，提醒：「雷皇，你這邊沒擦到喔。」

雷皇趕緊用袖子擦了擦，只可惜一直沒擦到正確地方。

一條白色巾帕從旁探來輕輕擦掉雷皇臉上的髒汙，雷皇呆愣住了。

王者縮回手，笑著對她說：「擦掉了。」

「呃、嗯……」雷皇不自在的別過頭。

對於雷皇這種異樣的反應，王者完全不覺得怪異，她很自然的收回手帕，舉高雙手伸了伸懶腰。

中央，日天君正擔任生火作業。將枯枝排列堆疊，再點燃中央的火種，沒多久就燃燒成一個完美的小火堆了。將裝備欄內預先準備的生食與鍋碗瓢盆全拿出來，日天君取出立架，放上鍋子開始煮起海鮮火鍋。

小火燉煮，香味四溢，在場所有人幾乎都快流口水了。

雖然失去指引的精準度，但其他應用技能日天君還是非常上手，至少在蒂亞失去煮飯這項才能時，日天君是相當重要的存在。

掀開鍋蓋，用湯匙拌攪湯，舀起一匙放在碗裡試喝味道。日天君點頭，讓其他人自己舀湯料。

拿起日天君準備好的碗筷，大夥開始盛裝自己想吃的料，一群人圍坐成一圈邊吃邊聊。

伽米加呼嚕嚕的吃完，大呼過癮與滿足。

「日天君的手藝和蒂亞可以說是不相上下，如果說廚房是蒂亞的天下，那麼日天君就是野外的御廚。」槍雨晃著筷子說。

「原來如此。」伽米加明瞭的點了點頭，眼裡還多了些佩服視線。

「那只是基本的廚藝，只要鹽和調味下足，誰都能煮出這鍋湯。」日天君委婉一笑，指著還有半鍋的湯料，道：「伽米加，這裡還有很多，不用客氣，自己盛。」

「謝謝！」伽米加也不扭捏，主動上前自己裝湯。

和自己不熟的人一起旅行，人多少會有些彆扭，但伽米加的個性屬於人來熟，幾天的相處，加上王者一群人都會找機會與她交流攀談，不知不覺伽米加也融入了他們的作息模式，產生了種一開始就是和他們組隊生活的錯覺。

雖然扉空的傲嬌在逗弄上的跳腳反應是很有趣，不過這群人的善意個性其實也不錯。這樣的想法在伽米加腦裡飄呀飄著。

鍋裡的食物終於見底，大家吃飽後開始各做各的休閒事。

槍雨拿出一本看似挺少女心的小說翻看；伽米加直接滾到最內部的空地做伸展運動；蒂亞拿著一球毛線與針棒，拉著王者到一邊研究毛線針織；日天君等鍋碗瓢盆自動變回乾淨狀態後，收回裝備欄裡；雷皇則是叫出任務面板與裝備欄，研究自己哪幾項任務還缺什麼材料未打。

時間漸漸過去，一群人也開始放下手邊的事，準備打地鋪入睡，從左至右數來，伽米加排第一，接著是槍雨、蒂亞、日天君、王者、雷皇。

因為現在蒂亞變成男生，所以也沒有什麼男女有別的問題，整體看起來反而像是蒂亞左擁右抱一群後宮，不過這些問題在蒂亞眼裡根本無關緊要，她只要能睡在槍雨身邊就相當滿足了。

至於現實性別是女性，在遊戲內又變回女性樣貌的王者，對自己睡在誰身旁並無所謂，只是雷皇和日天君不知道為什麼，兩人都捧著被子跑來要求要睡在她旁邊。

想想以前她們也不是沒有擠在一起睡過，最後王者聳了聳肩，隨她們想睡哪。

——她們可能覺得她旁邊的位置比較好吧。

見雷皇與日天君在自己的左右兩側鋪好床，王者也抓著被毯躺下睡覺。

深夜，某種像是抓撓草皮的聲音傳進耳裡，不想理會又做不到，王者就這樣被吵醒了。

但一醒來上下左右瞧了瞧卻又沒瞧見東西，聲音也跟著停止，這讓王者開始懷疑是不是自己太敏感，正打算窩回被窩裡睡覺，正好對上兩邊睡得沉的臉。

長翹的睫毛垂蓋，小巧有型的鼻子發出低淺規律的呼吸，標緻漂亮的臉蛋不輸給當今知名模特兒，就連小嘴看起來也像是塗上脣蜜般的紅嘟嘟。觀察睡著的日天君和雷皇，王者思考了一會兒，拿出相機調整成夜拍功能，然後按下快門鍵記錄這不可多得的瞬間。

平常她哪能這樣盯著她們看，更別說變性後根本敏感度暴增，要讓她們乖乖拍一張照紀念根本是不可能的事情，如果被她們知道她偷拍的話……王者惡寒的抖了一下。

她已經可以想到日天君拗著雙手手指關節，雷皇抽出雷蛇，兩人滿身殺意步步逼近她的景象。

吞了吞口水，王者趕緊收回相機，就怕等等一個不小心，日天君和雷皇會剛好睜開眼發現她在偷拍。反正她拍都拍到了，不說也沒人知道。

打了一個哈欠，王者窩回被毯裡。

正當王者整個人放鬆到即將入睡、都開始恍恍惚惚似乎看見睡夢之神在向她招手時，耳邊又傳來窸窸窣窣的聲音，招手的老人瞬間消失無蹤，王者很確定那聲音不是自己敏感也不是錯覺，因為她感覺到了身上有某種壓迫氣息……

瞬間睜開眼，王者最先對上的是兩雙挖空的黑眼，黑眼裡瞪出白眼珠，眼珠咕嚕的靈活轉一圈，接著定睛鎖在她身上，被刀子削出齒形的嘴吐散出令人身顫的寒煙，如同鬼魅般的聲音從那黑口裡幽幽傳來：「Trick or treat～」

「唔哇啊啊啊啊啊——」

王者瞬間發出驚天地的慘叫，一把推開身上的南瓜人，眼淚加鼻水全噴的朝角落爬去，縮成一團不停發抖，嘴裡開始碎唸據說具有降魔能力的佛經。

「——南無阿彌陀佛，人不是我殺的啊啊——！」

腦袋亂成一團的王者不停的冒出驚恐言語。

被王者尖叫聲嚇到從睡夢中驚醒的人紛紛掀被跳起，點燈探看，只見王者整個人活像是見鬼般的窩在角落邊抖邊唸一堆亂七八糟又不完整的佛經。

蒂亞趕緊上前安撫驚慌失措的王者，日天君和雷皇則是警戒的盯著躺倒在前方的兩道身影——矮小的身軀披著黑色斗篷，頭部的地方是顆刻著眼口的超大南瓜。

「哇塞~這什麼鬼？南瓜人？沒想到除了天上的女巫，竟然還安排了這種妖怪！？」槍雨摸著下巴繞著那兩個人好奇打量，隨後朝王者招了招手，要王者別那麼緊張，「王者，這兩個不是幽靈只是南瓜，不用嚇成這樣吧？」

王者雖然對怪物從不手軟，但偏偏就有個怕鬼的弱點，不管是東方幽靈還是西方鬼，只要被歸類成妖魔鬼怪的東西都會讓王者嚇個半死，連鬼故事都敬謝不敏。

「都一樣！」王者尖聲回喊完繼續窩著發抖。

——怪怪，怎麼這味道跟那兩個小孩子這麼像？

伽米加皺起眉，再嗅了嗅，和記憶中相同的味道讓她上前仔細瞧著南瓜人。

只是她瞧沒多久，地上兩名南瓜人一個突然翻蹬跳起，一個則是笨拙爬起，槍雨被突發狀況嚇得往後一退，只見兩隻小手從斗篷底下探出、拍了拍斗篷上的灰塵，發現頭上的南瓜轉了四十五度還調整了一下位置，隨後眼洞面向王者所在之處，南瓜人再次幽幽喊出那種輕飄飄又令人毛骨悚然的音調：「Trick or ~」

臺詞還沒說完，頭上的南瓜瞬間被人抓起。

不只在場所有人面露錯愕，連重見光明、兩個有著相似長相的男孩與女孩也驚愣的抬頭望去——伽米加的雙手正一爪提著一顆南瓜，面露無奈的說：「別這樣嚇人，小心你們的王者哥哥不理你們了。」

南瓜人——座敷童子與枚木童子扁嘴，朝伽米加提著的南瓜伸手抓拿，偏偏伽米加人高粗壯，南瓜一扛在肩上，不論兩個小孩怎麼跳就是搆不到，最後枚木童子只能雙手環胸不滿道：「嘖，我就說米哥很機靈的。」

「這樣一點都不好玩，人家可是很期待可以拍到王者哥哥嚇到失魂的照片當紀念呢。」原本的計畫被打亂，座敷童子也嘟起了嘴抱怨道。

居然是預謀性犯案，這兩個小娃也太……對於雙胞胎逐漸成長，卻越來越明顯的小邪惡個性，眾人皆搖頭嘆氣。

聽見熟悉的聲音，王者終於回頭看去，當她看見座敷童子與枚木童子時，頓時忘了剛剛的驚恐，疑惑的問：「……座敷、枚木？」

兩個小孩聽見叫喚，立刻噠噠噠的跑上前去抱住王者。當然，途中座敷童子為了搶得先機還一肘「快、狠、準」的打在枚木童子的肚子上。

「死座敷……」枚木童子一臉皺成酸梅樣，邊揉著自己的肚子，來到王者面前。

「你們怎麼會在這裡？」

「威士比練了新技能，在固定的範圍內能傳送限定人數到指定的座標點。因為我們想妳就先來了。」座敷童子說完還在王者的臉頰順勢「啾」了一下，枕木童子才想上前就被座敷童子偷偷狠瞪一眼。

——就算妳現在是女生也不能吃萱媽媽的豆腐！

——那為什麼你變成男生就可以偷親萱媽媽！

雖然枕木童子心理很不滿，但礙於座敷童子的強勢是真的很可怕而作罷反駁。

「那、剛剛我有看見兩個鬼……」

座敷童子拍了一下掌，指著洞外說：「啊～是南瓜人，因為牠們不乖嚇到王者哥哥，所以我們就把牠們趕走了，南瓜壞壞！對吧，枕木？」

「就是說啊！那個南瓜人超難打的，我們打超狠才把牠們嚇跑。」身為共犯，枕木童子當然二話不說直接附和，將自己提升為正義的一方。

——真是睜眼說瞎話啊這兩個小孩子……

除了王者以外的其餘成年人全都露出無言表情。

「原來如此，謝謝你們。」王者露出感謝的笑容，座敷童子與枕木童子也抓到機會就蹭

上抱抱。

和樂融融的畫面讓眾人不知道該不該告訴王者實話。

「算了、算了，小孩子惡作劇難免，就……麻煩各位替座敷和枕木保守秘密。」伽米加露出複雜眼神，向其他人做出請求。

雷皇本身就不是多嘴型，日天君和槍雨、蒂亞也不會特地去嚼舌根，所以座敷童子和枕木童子在萬聖節活動期間的惡作劇就這樣被永遠隱埋在記憶深處。

「Love Song～你說南無阿彌陀佛～我說布朗尼好好吃～大家一起拯救世界yo～ho～」

童音哼哼唱唱，明明該是童謠的音調卻唱出了極度不合諧又莫名的歌詞。散布在周圍的隊伍紛紛順聲望去，只隱隱見到被樹木遮掩的道路有人影走過。

主唱人座敷童子與枕木童子完全不覺得自己唱的有何問題，還越唱越上癮，手拉手大幅前後晃動，步伐一蹦一跳。

一群成年人跟在兩名孩童身後，一邊注意動向打退來襲的小怪物，一邊向目的地繼續前進。而在這群人裡，除了王者、蒂亞、槍雨、日天君、雷皇，另外還多出一名身穿紅色護甲的男子。

威士比——座敷童子的式神，原十二神將中的「騰蛇」，在被座敷童子收服後改名「威士比」，平常想活動時都會附身在座敷童子心愛的白兔玩偶裡，或是只能以半身魂體的狀態貼身跟隨在座敷童子身邊，現在因為習得新技能關係，已能自由的在距離座敷童子方圓十公尺的固定距離內以人形樣貌現影活動。

王者蹬地一跳，抓下樹上生長垂吊的棉花糖，並撕下棉花糖一角，遞給走在她身旁的男子，好聲問：「騰蛇，要吃嗎？」

《創世記典Online》的特產之一，某些地點的樹木絕對不會結出正常的果實，而是會結出一堆食物類的物品。

威士比先是一愣，隨即接下棉花糖塞進嘴裡抿著吃，向王者表達謝意：「相當美味，感謝您，王者大人。」

「你現在能嚐出味道了呢！」王者露出驚訝的笑容，轉身將棉花糖遞到雷皇和日天君面前，等她們撕下一口吃後才轉回身。

王者撕下棉花糖，邊吃邊說：「之前你連這些東西都不能吃，看來座敷很努力練等。」式神平常會吸收主人打怪的經驗值，經驗越多，就能升等，只要式神等級越高，那麼能使用的技能也會更多，也能像這樣不受物體限制，可以自由活動。

「座敷大人很努力，我真的很感謝。」提到座敷童子，威士比注視前方哼唱歌曲的孩童背影，眼神變得柔和。

「你也很努力，要隱瞞會很辛苦。」

王者的話讓威士比摸著自己的胸口，那逐漸感受到心跳的地方，有著之前從未感受過的溫熱。

威士比垂下眼，然後在幾秒後又抬起來看著王者，比自己矮上兩顆頭的身高，雖然現在被女性樣貌所取代而顯得柔弱，但那雙眼卻比起其他人要更堅韌、更看清一切。

從某一刻開始他發現自己變了。他應該是系統設定下的產物，卻不知不覺會開始思考，有好幾次都差點違背設定。但更讓他意外的是，王者竟能知道他的秘密，還替他隱瞞。

「對於您所做的，我深深感謝。」

對於他這小程式，王者不只在自己能做到的範圍內保護他，還請ＥＰ１與ＥＰ２特別看照，要是其他人類，早恨不得將他抹殺乾淨好維持秩序了吧。

王者將最後一口棉花糖放進嘴裡，在木棒消失後叫出山泉水，停下步伐請威士比代拿倒水。其他人一一走過兩人。

王者清洗手上的黏膩，「我只是做我分內的事情，也算是回報，過去我曾經受過ＥＰ１和ＥＰ２很大的幫忙，不管是程式或是人類，其實說到底都是一樣。何況要是你消失了，座敷和杦木都會捨不得。」

山泉水的瓶子隨著水空見底而變成粒子消失，王者也快步追上前方的人群，正當她穿過槍雨和蒂亞、來到雷皇與日天君兩人中間時，前方突然傳來杦木童子的喊聲，她立刻一手勾住一個人的手臂，說：「看前面！」

「喀嚓！」

日天君和雷皇呆愣的望向前方，而王者則比出「Ｖ」的勝利手勢。

「座敷，我拍到了！」杦木童子拿著拍到三人照的相機飛奔回姐姐身邊，兩個孩子邊走邊看。

「讓我看看、讓我看看！」王者快步跑到兩個小孩子身後，看見照片後指著自己小聲吩咐：「等一下寄給我。」

「好！」

「王者！」

被急急一聲喊，王者默默回頭，果真看見日天君臉色不好指著她道：「照片不准留。」

雷皇嚴肅點頭道：「同感。」

身為前男性，目前失去重要部位被迫成為女性的兩人當然無法接受自己女性化的模樣被保存下來，要是之後不小心被有心人士拿去……根本恥辱！

「有什麼關係，紀念嘛～沒人會看見～況且我也一起入鏡了。對不對，座敷、枕木？」

「對～」

兩個小孩子立刻舉手附和，隨後又拿著照相機跑到蒂亞和槍雨面前央求拍張照。比起日天君和雷皇，槍雨和蒂亞根本已經把性轉當樂趣，馬上就一起朝鏡頭露出笑容，在按下快門前，槍雨瞬間轉頭親上蒂亞的臉頰，相機記錄下這美好的一瞬間。

蒂亞臉紅驚呼，槍雨不亦樂乎。

接著雙胞胎又跑到伽米加面前，招來威士比，四人一起玩自拍。

「既然都性轉了，就既來之，則安之。何況座敷和枕木那麼開心，要他們刪照片，等等哭成包子臉怎麼辦？」王者拍拍雷皇與日天君的肩膀，語重心長道。

如果今天拍照的對象是大人還可以痛揍一頓刪照片，可偏偏現在是座敷童子和枕木童子掌鏡，要是強迫他們刪了照片，兩個孩子說不定會哭花臉。怎麼樣也不能讓小孩子哭呀！

想想，日天君感到很頭疼。

「好了、好了，大不了事後我再幫妳們勸勸嘛！快點前進吧，這樣才能早點與貝貝拉他們會合，任務也才能繼續進行。」王者鑽到日天君身後推著她向前跑，順便向雷皇和其他人招手要他們跟上。

日天君心裡很明白，王者是絕對不可能去勸雙胞胎刪照片，反而會要照片來留紀念。暗嘆口氣，日天君側過頭，也恰巧對上王者的視線。

王者眨了眨眼，露出了笑。

偏偏她看見這張笑臉就無法再計較下去，因為她是那麼的喜歡她。

「再半天路程就可以會合了，大家加油！」

「喔！」

王者看著區域地圖，地圖下方有屬於他們的記號標示，一個尖端朝上的紅色三角形與四顆金色星星；地圖上方也有四個金色星星點正在朝下遲緩接近中。

旁邊則有這個標示——

「▲」＝【王者】

「☆」＝【種子隊隊員】

地圖上方那四個金色星星就是貝貝拉、嫩B、莎娃蒂、靜電的標示。

本來靜電和雷皇是不應該在種子隊的隊員顯示裡，不過有時候因為任務需求，很多人會像這樣拉進其他隊伍的人一起解任務。但單用其中一組隊伍的名義解任務，一些獎勵對其他沒掛名的人分配就不是那麼的公平，所以隊伍面板有項功能是可以設定讓自己用臨時隊員的名義加入其他隊伍，這樣在解任務時會方便很多，也不用解除自己的隊伍去加入別人隊伍，之後等任務解完時再解除臨時隊員的名義，就可以自動恢復本身隊伍的隊員身分。

雷皇和靜電就是將自己設定成種子隊的臨時隊員。

看那地圖倍數與接近的速度，兩方人馬應該再三小時左右就能會合了。

關掉地圖，王者起身來到空地中央。

樹下，伽米加、座敷童子、枚木童子正坐圍成一個小圓玩跳棋，威士比則跪坐在座敷童子身旁提點哪顆棋子有路可走。

另一邊，蒂亞則是拿著一條手帕正在刺繡，王者上前偷瞄，只見手帕上是一幅漂亮的綠龍戲花圖。

「真厲害，原來蒂亞你會刺繡呀！」王者抱膝蹲下，發出驚嘆。

「這是最基本的工作，身為菲索利安家族的家僕，任何事情都要有所涉獵並專業。」蒂亞露出靦腆的笑容。看得出來對於能夠身為菲索利安家族的一員讓她感激在心，所以就算必須學會超出自己能力所及的事情也樂於學習，這樣才不會讓特地帶她回去的槍雨失了顏面。

「那……下次也教我吧？我一直想嘗試呢，不過找不到機會可以學。可以嗎，蒂亞？」

「當然可以！那等這次回城後，蒂亞再從基礎教您。」

「謝謝！」王者感激道，隨後四處張望了一圈，詢問：「對了，我從剛剛就沒看到槍雨她們，她們去哪了？」

蒂亞指著右前方的樹林，「似乎是從地圖上看見那裡有一條河，她們就往那邊去了。」

「耶？三個人也沒約就一起去河邊？」王者雙手環胸嘟嘴，眼睛一轉，然後站起身跳過草叢，「我去看看她們在做什麼，順便看能不能抓幾條魚或食材來囤貨好了！」

「誒！？等一下！王者少爺，她們是去……」

蒂亞還來不及說完，王者早一溜煙鑽進樹林裡跑得不見蹤影。

蒂亞垂下手，傷腦筋的說出未完的話語：「她們是去……洗澡啊……」

「哼哼嘟嘟～～」

王者哼著某首鄉間民謠，朝蒂亞所說的方向前進，走沒多久，果真聽見水流的涓涓聲，王者加快腳步，流水聲音也越來越明顯，原本被樹幹樹葉遮掩的風景開始出現光線碎影。王者從兩株矮叢中間橫身穿過，走出森林。

王者舉手喊道：「妳們也真是的，要來河邊也不說……」

話還沒說完，王者的眼瞬間瞪大，立刻轉身背對河邊三人，慌忙遮眼道：「對不起、對不起！我什麼都沒看到！」

對於王者突然出現感到錯愕，正在河裡沐浴的三人趕緊遮著光溜溜的上半身到河邊抓起衣服，慌張穿戴。

「要死了！為什麼蒂亞沒說她們正在洗澡啊——」王者整張臉都紅了，直接蹲下將臉埋進懷裡。

雖然三人背對著王者，下半身都埋在水裡，但還是無法遮掩那屬於女性的曲線。平常日天君她們是男生時坦胸露背她看見了都無所謂，怎麼現在看見女性身軀卻這樣緊張……等等，她原本就是女生，她緊張個什麼勁啊！

正當王者腦袋裡亂七八糟亂喊時，三雙腳停在身後，某種詭異又刺寒的感覺直逼脊椎。

王者一轉頭，立刻被槍雨一把揪住衣領拎起。

槍雨左眼發出寒光，語帶威脅：「說，妳看到了什麼！」

「妳不是所有人中最不在意自己變成女的？」

「穿著衣服跟沒穿衣服不一樣！說，妳到底看到什麼！」

見槍雨一臉帶殺氣的模樣，王者不敢再糊弄，雙手趕緊舉起揮晃兼搖頭，「我、我什麼都沒看見！絕對沒看見妳們超完美的姿色，也絕對沒看見妳們讓人忌妒的胸部曲線……」

——這笨蛋根本完全自招自己有看見了嘛……

對於王者的脫線，日天君只能扶額嘆氣。

「正面，有沒有看到！」

「妳背對著我怎麼看到正面，我又沒穿透眼！」王者冤枉回喊。

眼見槍雨還不打算放過王者，一旁的雷皇趕緊插進兩人中間隔開距離，勸道：「其實這沒什麼……」

「沒什麼？怎麼會沒什麼？這胸這臀這超級女人的模樣被看光，要是被蒂亞知道我的三圍我還能做人嗎！？」

——妳的旗袍早將妳的三圍原形畢露了。

王者在心裡默默白眼補述，但表面上還是安撫槍雨，說：「用目測我也看不出三圍尺寸呀……我不會去跟蒂亞打小報告亂說，妳看過我什麼時候去亂講話過？」

槍雨摸著下巴思考：「……是沒有……」

「對吧！而、而且我原本就是女生，所以妳不用擔心有損失什麼的，反而之前妳看見我洗澡我都沒跟妳計較了……」

王者說得一臉委屈，其餘兩名護花使者瞬間「刷」的朝槍雨射出眼刀——雷皇冷臉抽出雷蛇架在槍雨頸部，日天君笑笑的拉緊手上的護手繃帶。

「誤會、那是誤會！」原本還氣勢洶洶的槍雨立刻與王者對調立場，慌忙解釋：「那時我也沒想到王者會先跑去洗澡，一不小心……」

見劍刃整個貼上皮膚、日天君已經做勢要出拳的模樣，槍雨連斷句都省了，趕緊快速說完：「那時天色暗我只看見一顆頭浮在水面上沒看見其他不該看的真的我保證！」

她知道眼前這兩個人重視王者勝於自己，她們可以忍受自己被看光，但絕不能忍受王者被看光，一不小心她是真的會被送上西天。

槍雨嚇得皮皮挫，就怕那拳那劍下一秒會真的朝自己招呼上來，好在王者趕緊跳出來替她解圍。

「反正我是男角色，說起來也沒吃虧。」王者趕緊擋在槍雨面前，手指捏住雷蛇的劍面小心翼翼的移開，勸說：「這個，先放下、先放下……日天君也是，別激動……」

槍雨躲在王者身後連聲音都不敢吭。

看這立場對調的情形，王者苦笑在心，早知道自己先向蒂亞問清楚，不就沒這事了嘛！

「咻咻——砰！」

一顆白色球體頓時從天而降砸在腳邊，打斷兩方對話。

王者低頭一瞧，才發現那卡進土層裡手掌大的球體竟是雞蛋。

——誰這麼缺德亂扔雞蛋？

四人全抬頭望天，一看見天上那幾道飛來飛去的身影，還有從女巫們手持的炮管猛烈射出的數百顆雞蛋，所有人完全忘了剛剛還在針對的話題，二話不說立刻抱頭閃避那開始落下的蛋雨。

「現在才中午，怎麼那些怪物已經開始惡作劇了？」王者身子轉了半圈，兩、三顆雞蛋也瞬間砸破在她剛剛腳步移開的地方，金黃黏液緩慢擴散。

根據這幾天的經驗，那些天上飛的掃帚怪物尋找地面目標惡作劇的時間固定在晚上七點左右，照道理來說現在中午時段她們應該是只會在天上飛著點綴。

「大概又是妳表哥覺得照規矩來太無聊，所以亂改設定好的時間吧！哎呦我的頭……」槍雨抓起頭上沾黏的蛋殼與蛋液狠狠往地上甩，嘟囔抱怨：「我才剛洗完澡耶……」

看著槍雨越來越娘的舉動與話語，王者頓時心生複雜。

雷皇揮砍雷蛇，擋掉差點砸中自己與其他人的雞蛋，喊道：「進森林裡，快點！」

「快進去！」日天君從後方推著王者和槍雨跑進樹林裡。

雷皇朝天上的女巫使出一擊「雷霆鳳凰」，被火鳥覆蓋而過的白蛋全往下掉摔到地上，冒出陣陣香味。

火鳥衝飛上天，將怪物的陣型瞬間打亂，還有幾名女巫慌張的拍打自己著火的衣袍，放棄攻擊。

趁此時機，雷皇轉身跑進樹林裡追上其他人的腳步。

[第七伺服器]

千萬別在女人面前傷害她心儀的對象

樹林裡，四顆頭從樹幹後方冒出。

槍雨朝河流所在的方向仔細觀察，再看看被樹葉遮蔽、隱隱約約不規則透光的天空，報告：「看起來應該是沒追進來。」

王者鬆了口氣，隨後煩惱道：「看來在活動時間結束之前，我們最好都不要在空曠的地方行動，再來幾次突襲，早晚都會被搞瘋。」

「我看還是先回營地，等稍後和貝貝拉他們會合之後再做打算吧。」日天君提出建議。

「也只能這樣了。」王者點頭，接著叫出一罐特大號的山泉水替槍雨沖掉頭上的髒汙，順便叫出毛巾擰濕，塞進日天君和雷皇手裡讓她們稍做整理。

——洗完澡就飛來橫禍變回髒兮兮的模樣怪可憐的。

槍雨解開辮子，抓著濕漉漉的長髮將之擰乾後，叫出一條大毛巾擦乾頭髮，再扔回裝備欄裡。

深黑的髮絲帶著自然捲度垂散在肩頭，配上那一身顯露身形的旗袍與標緻臉蛋，環繞槍雨整個人的氣氛瞬間從成熟變成嫵媚。

「如果是現在的蒂亞看到說不定會……」王者摸著下巴，看著槍雨點頭打量。

槍雨眨了眨眼，詢問：「妳說蒂亞會什麼？」

「呃……吃妳豆腐……之類的。」王者不太確定的說。畢竟性轉後的蒂亞個性真的變得很大膽，就算當事人沒察覺，但旁邊的人都看得出來，只要能有與槍雨更親密接觸的機會，蒂亞就會很積極的爭取。

「吃豆腐？蒂亞嗎？」

槍雨思考了一會兒，隨後起身拍拍衣服，右手也將肩上的頭髮往後一撥，輕柔的秀髮呈現波形晃盪。

槍雨像個準備去約會的少女般整理一下妝容，恨不得自己能飛似的快步往營地的方向跑走了。

「誒，我只是說說而已啊！」王者一喊完，便看見跑沒幾步的槍雨突然又莫名的拐倒跌坐，但立刻就抓著旁邊的樹幹爬起，繼續往前衝。

看來比起蒂亞會去抓親近的機會，槍雨是恨不得自己乾脆把人拐帶上壘。

看著剩下的兩人，王者指著自己，遲疑問：「這樣……算惹禍嗎？」

「妳說的是實話。」雷皇眨了眨眼。

日天君苦笑的聳了肩，拍拍王者的肩膀，道：「走吧，回營地去。」

當日天君、雷皇、王者三人回到營地時，視線下意識朝蒂亞所在的方向望去，不出所料，果真看見槍雨正裝柔弱的窩在蒂亞懷裡敘述剛剛她被女巫突襲得多慘又多慘。

——果然啊……

見王者回來了，伽米加也放下手上的棋子，結束與雙胞胎的棋局，來到王者面前詢問是否要繼續前行。

「嗯，休息到這邊結束，我們繼續出發吧。剛剛我看了一下地圖，算算……應該再三小時就能和扉空他們會合了。」

「希望見面時迎接我的不會是冰塊。」伽米加感嘆。

「放心啦！我們會幫妳求情，所以應該不會被打得太慘。」枕木童子認真的安慰，只是這安慰卻沒能讓伽米加放寬心，反而更慘鬱。

「伽米加哥哥別擔心，要是扉空哥哥真的太火大，我會先準備好傷藥和紅藥水，等妳撐不下去時再幫妳治療。」座敷童子一臉天真無辜，但同情心有多少就只有自己知道了。

「所以最後我能靠的還是只有自己嗎？」伽米加掩嘴小聲抱怨。

想想不管如何也避不了，伽米加只能在嘆口氣後對王者說：「出發吧。」

「OK！」

王者轉向另一邊，喊道：「蒂亞、槍雨，我們要出發了，你們……」

「馬上跟上！」蒂亞率先起身，而失去依靠的槍雨差點往旁邊撲倒，她趕緊用手撐地穩住身子。

槍雨拍拍裙上的草屑，向蒂亞投射哀怨目光。

「抱、抱歉，大少爺，因為大家要出發了……我幫妳編辮子吧，妳走前面！」

自知自己不好的蒂亞露出討好笑容，希望能稍減槍雨的怨氣，好在槍雨也不怎麼計較，只是維持了幾秒哀怨表情後，就將髮圈交給蒂亞，邊哼著小曲邊跟上前方的隊伍。

掌心上雖然只是小小的髮圈繩，但對蒂亞來說卻是無比的重量，是槍雨對他的信任。

以前他不信神，是因為在他最無助時向神明祈願，神明卻沒有回應他的祈願，反而將他推入無盡深淵，但在那樣的黑暗裡，槍雨卻像是一道光芒進入了那座世界，將他救出那座注定囚禁他一生的牢籠。

對他來說，他現在的唯一信仰，就只有槍雨。所以就算知道自己的身分卑微，卻還是忍不住去親近。

蒂亞垂下眼，緊緊握住手上的髮圈，他快步來到槍雨身後，手指遲疑探前，捋起了前方人的髮。

「要綁得帥氣點喔！」槍雨側過臉笑著說。

「好的，大少爺。」

這次的活動讓他實現一直以來的心願，以前不論他有多想要說出那些話語，多想要擁抱眼前的人，都因為自認卑微而不敢前進，但現在或許是因為生理構造的改變，讓他將「改變」視為理所當然，他可以放膽去做自己一直想做到的事情，所以他不討厭這次的活動，反而很感謝。

「感情真好呢，那兩位。如果扉空也能跟他們一樣變得對我好一點不知道該有多好。」伽米加雙手互握，彷彿祈求般的說道。

「這可能很難喔。」枚木童子雙手揹在腦後，要伽米加乖乖面對現實。

「不過要是真變成這樣，那就不是扉空哥哥了吧。」座敷童子一手牽著王者，一手晃著手指道。

「那倒也是。」伽米加摸著下巴，聳鼻。

扉空變溫柔，笑著對他噓寒問暖……啊斯——想到她都有些發毛了，不傲嬌比傲嬌還要可怕呀！

「不過等等就要和王者哥哥分開了，真捨不得。」座敷童子踢了踢腳前的小石頭，小石頭咚咚咚的往前彈跳。

「等你們有空的時候還是可以來夢幻城玩。」王者笑著順了順座敷童子的髮。

「是啊，有空的時候就來夢幻城逛逛。對了，今年的創城紀念派對如果你們方便的話，也請白羊之蹄的那些人一起來玩吧。」日天君爽朗的做出邀約。

「喔喔，那還真是感激不盡呢！」伽米加笑了，兩隻獸掌分別放在座敷童子和枕木童子的頭上揉了揉，「等這次任務回去就跟他們說人家請我們去玩。」

「嗯！」雙胞胎同時重重點頭，看得出來他們相當期待。

一行人走著走著，遠處突然傳來騷動，雖然對這方影響細微，但還是可以感覺到逆風迎面吹來，樹枝被吹得搖晃，以及傳來輕微的打鬥聲。

「似乎是有人在前面打怪，聽聲音……距離應該還有些遠，不過這技能使得真強，風壓都吹到這裡來了。」雷皇下意識朝逆風吹來的方向望去，分析道。

「那我們要繞路嗎？」

別人說不定是在解任務或練等，誤入戰鬥區對雙方都不是很禮貌。

「不然靠近點再看看好了，如果不是區域型怪物，從旁邊經過應該沒關係，畢竟繞路又會多花時間。」槍雨思考道。

座敷童子和杦木童子自然是沒意見的聽從大人指示。

所有人都發表意見，伽米加卻悶不吭聲，這不像她的作風。杦木童子抬頭望向身旁的獸人，只見伽米加皺著眉似乎在思考什麼。

「米哥，妳怎麼了？」

伽米加偏了偏頭，像是在想什麼難解的題目般，道：「有點怪怪的……」

「什麼怪？」

「就是……」

風，再次迎面拂來，這次熱氣不只夾雜著熟悉的氣味，地面還傳來隱隱震動。

當所有人還在為這陣突如其來的震動而意外時，伽米加卻早已蹬步衝出，四肢並用的朝騷動的所在地奔去。

「米哥（伽米加哥哥）！」座敷童子與杦木童子同時大喊，跟著追去。

「怎麼回事？慌慌張張的？」槍雨和其他人互看了一眼，雖然不知道發生什麼事，但還是追著前方的人跑。

跑到一半，王者才突然意識到伽米加跑走的原因，她邊跑邊打開地圖查看，確認自己心裡所想之後，她關上地圖，加快腳步。

「王者，怎麼了？」日天君喊著詢問。

「前面的騷動有可能與扉空他們有關，總之我們要儘快過去！」

聽見王者的回喊，一行人也只能努力加快步伐奔跑。

如果可以的話，她希望自己的預感不要成真，若真是扉空他們遇上怪物，那至少在他們趕到時……

追著獅獸人的身影穿過重重樹林，地面震動一波接一波，前方亮起耀眼且劇烈的火光，猛烈的熱氣席捲而來。當一行人衝入戰鬥的中心點時，焦黑景象與那從烤焦的巨大物體上站起的人影讓所有人目瞪口呆。

——等等，那是……？

時間回溯到半小時前——

一棵像是沉積雲般的厚團樹叢正在森林裡東鑽西鑽，最後來到較為空曠的道路，八根樹枝交互攀抓地面，不停的向前移動，樹叢上則坐著扉空一行人。

「嫩B，妳這技能真好用，省去了很多力氣呢，而且也比走路快好多。」花花兒整個人抓在樹邊彎腰倒掛，大大的雙眼驚奇的盯著底下大步走的樹根瞧。

扉空這團隊幾乎都是以實戰技能為主，這種代步技能可真沒看過，也難怪花花兒會覺得很有趣。

「我的職業本來就是以操縱植物為技能本質，這算小Case。」嫩B自信的解釋，隨後目光一轉，拿出一根棒棒糖遞向後方正把樹叢當成跳跳床、長著一對兔耳朵與小翅膀的羊駝臉棉花糖，晃了晃說：「來，賞你吃。」

「些些。」

見有東西可吃，葛格立刻拍打著小小薄翅來到嫩B身旁，嘴一張含住整根棒棒糖。

那是種很像開始牙牙學語的稚嫩音調。

葛格飛回扉空懷裡窩著吃起棒棒糖，花花兒也跟著靠上，摸著葛格的毛玩著。

「這還真讓我懷念起滾蛋蛋了呢。」盤腿坐著的貝貝拉摸著下巴，懷念的感嘆。

「滾蛋蛋？」聽見這可愛的詞，荻莉麥亞雙眼露出好奇。

「是王者之前的寵物，大概這麼大，有短短的四肢，下半身有蛋殼的水煮蛋。」貝貝拉雙手比出一個約籃球大小的橢圓形。

「短短四肢的水煮蛋……」愛瑪尼和荻莉麥亞同時抬起頭，想法融合成一塊大雲，雲裡有顆下半身有蛋殼的軟白水煮蛋，水煮蛋長著一雙人類手掌和大腳。

愛瑪尼偏了一下頭，「斯」了聲：「感覺很像異形啊這個……」

聽見這話，貝貝拉就知道他們想歪了，於是他望向靜電，靜電也理解的掏出一張照片，照片裡是跟在某人腳邊走、長著角錐短手與像娃娃般小腳的水煮蛋。

「好可愛。」荻莉麥亞抓著照片，雙眼發閃著星光，就連背景也遍布閃爍的鑽石光。

愛瑪尼慌忙打掉荻莉麥亞身後閃閃發亮的背景，手快的抽走照片還給靜電，隨後握住荻莉麥亞的手，誠懇道：「荻莉麥亞，如果你喜歡這種可愛的小寵物的話，我也有賣寵物蛋，不如我們就一起挑一隻當成我們兩個的小孩來飼養好了！」

聰明如荻莉麥亞，當然不可能因為愛瑪尼抓準時機提議就被牽著鼻子跑，他抽回自己的手，冷靜道：「要養妳自己養。」

隨後荻莉麥亞向靜電徵詢留存照片的要求，靜電也爽快答應，並直接使用道具複製一張照片給荻莉麥亞。

拿著照片，荻莉麥亞很滿意的收回自己的裝備欄。

「這樣又有新樣本了。」

荻莉麥亞在現實的職業是漫畫家，所以當他進入《創世記典Online》時就會像這樣四處拍照取材作為漫畫內容裡點綴的背景或角色藍圖。

見荻莉麥亞一心全被那張新照片奪走，愛瑪尼整個人悶得背過身，恨恨的拔著樹葉，抱怨自己為什麼生為人而不是一枝繪圖筆，至少還能讓荻莉麥亞珍惜的天天握在手中。

「不過剛剛你們說『之前』，寵物賣掉了嗎？」

《創世記典Online》的寵物只要認主後就不會自己跑走，除非是買賣拋售或是放生。

貝貝拉既然說「之前」，那麼意思就是現在這寵物並不在原主人手上，荻莉麥亞看得出來貝貝拉談到這寵物時是挺開心的，也很懷念，既然如此，怎麼不讓王者將寵物留下？

「啊……這是有些原因的啦！雖然沒辦法留著，但是他有空時還是會回來夢幻城，就Era……」話還沒說完，嘴巴立刻被後方的靜電摀住，貝貝拉抬頭向上方的臉投去「幹嘛突然阻止我」的眼神，但幾秒後因為後腦貼著的軟物而意識到自己正後倒在靜電懷裡，也就忘記掙扎了。

「應該說是放生，王者覺得自己太忙不適合再繼續照顧寵物，所以就放生了。」靜電笑咪咪的掩蓋貝貝拉剛剛差點失言的話語。

——若是讓別人知道王者之前的寵物是ＡＩ，可不是件好事呀……雖然這些人可以信任，但還是越少人知道越好。

「原來如此。」沒再追問，荻莉麥亞順著靜電的話結束話題。他自知靜電有事隱瞞，再問下去也沒意義。

旁邊有物體靠近，荻莉麥亞低頭一看，只見葛格從餅乾盒底下鑽出，冒出太陽的圖案晃著身子。

葛格的等級隨著扉空的練等而提升，雖然已經獲得說話技能，但還是初階，所以偶爾才會說上一句，其他時候就是這樣冒出圖案在表達心情意境。

「拿去吃吧，打發時間。」扉空伸手比了一下。

荻莉麥亞說了聲謝，摸摸葛格，隨後端起餅乾盒將餅乾遞向其他人，「想吃的自己拿，不用客氣。」

莎娃蒂拿了幾塊餅給嫩B挑選。

正當貝貝拉要拿取餅乾時，樹叢突然一陣晃盪，雖然一行人立刻警覺，但動作還是慢了一步，那幾乎是一瞬間發生的事情，一股猛烈的衝擊力從底下竄上，瞬間將樹叢掀底打翻，一群人被甩飛出去！

好在他們也不是初入遊戲世界的新手，所有人立刻做出反應，身子一扭轉，安穩落地，

沒摔得難看。

「發生什麼事了？」從莎娃蒂懷裡被放下的嫩B警戒的觀看四周。

「似乎有東西。」扉空瞇起眼。

葛格拍著小翅膀飛到扉空身旁，小心翼翼的四處張望。

他們剛剛乘坐的樹叢淒慘翻肚，中央還破了一個大窟窿，很明確的是有重力狠砸，但四周草木皆未動，風平浪靜，實在看不出剛剛到底是何種原因致使樹叢翻車。

「但附近除了我們，沒有其他東西。」貝貝拉皺眉。

花花兒站起身觀察四周，確定什麼東西都沒有後，只好來到那個破得淒慘的樹叢前，側身彎腰，從小小的縫隙看進樹叢底下的空洞也不見其他生物，「真奇怪，什麼東西都沒有，為什麼會被打穿一個洞？」

其他人也紛紛上前查看，左看看右摸摸，確定樹叢底下真的沒躲著東西後，嫩B手指在樹叢上敲了敲，原本破洞的地方生長出新嫩枝自動修補好破洞，八根傾倒的樹根也一根接一根的爬起，重新撐起樹叢。

「總之，還是儘快離開這裡吧。」嫩B說完，樹叢也跟著降低高度。

就當一行人正要爬上樹叢時，身後的地面突然攏起一個小土丘，如同有東西竄爬般的快速朝眾人所在之處鬆土前進。

「小心！」

不知道是誰喊出這句話。

當花花兒意識到時，自己已被人抱著摔在地面，鼻尖嗅進的腥味讓他嚇了一跳，他趕緊爬起，才發現剛剛抱住自己跳開突襲的人竟是扉空！他視線往下一落，只見扉空的手臂上正有一道幾近見骨的撕裂傷。

前方，莎娃蒂正拿著兩把不同造型的大刀交叉擋在頭頂，刀刃前方則是一隻幾乎跟樹木一樣寬大、長著犄角的粗壯巨蟒。

巨蟒強勁的抵抗力道讓莎娃蒂的手微微顫抖。

其他人正要上前幫忙，卻見四周的地面紛紛攏起了好幾個土丘，身長約成年人高度的小蛇從地面鑽出，張開嘴、露出具有毒液的尖牙——

靜電當機立斷的在所有人周圍架起防禦法術，紫色光圈包圍所有人。

小蛇在觸碰紫色光圈的那一剎那紛紛被彈開，不過光是這樣還是不足以阻擋那些蛇群的攻擊，死了一隻，又鑽出三隻，就算法術再強，也抵不了數量龐大的毒液侵蝕，何況他們也不能在這裡被絆住腳步。

「扉空，對不起，都怪我沒注意……」

花花兒趕緊叫出傷藥，一股腦的全往扉空的傷口上倒；見花花兒慌張的模樣，扉空按了按他的手，讓他別緊張，隨後叫出布條綁住傷口稍作止血。

傷藥會隨著傷口的大小而延長癒合時間。這傷口至少也要一小時才能癒合，現在只能先這樣處理了。

手臂的傷口雖然因為傷藥而緩和，但還是很痛，扉空在花花兒的攙扶下起身，看著被擋在光圈外張開嘴拚命噴毒液的蛇群，就算是再怎麼面無表情的人還是會覺得背脊發毛。

綠色的液體從白色的銳牙尖端逐漸沾染光圈，被沾染到的地方像是暈開般的逐漸擴散色彩，原本堅固的紫色光圈開始出現了軟化現象，毒蛇的牙緩緩陷進光弧面並穿透。

見光圈已無法負荷防護作用，扉空趕緊叫出鍵盤化為環繞於身體周圍的琴鍵形態。

「準備應戰！」扉空喊。

「是！」花花兒側身，雙拳一握，氣旋聚集包覆拳頭。

蛇口重咬，光圈崩裂瓦解，百條蛇朝中心的兩人張開血盆大口——

扉空彈奏琴鍵唱出和音，無形的鋒刃朝外狠戾掃去，瞬間將迎襲的蛇群撞飛，但這樣還不足以阻止那些蛇的行動，一波被撞飛，另一波緊接而上！

花花兒右腳往前重踏——

「風霞升流！」

拳風化為龍捲風，將襲擊而來的蛇群全捲向另一端。

一群蛇被捲得東搖西轉，即便風散了也再無戰鬥能力，全都呈現眼睛漩渦轉、癱倒在地的模樣。

除了扉空這方，其他人也分成一區區的對抗蛇群大軍。

火焰、雷電、武器、槍炮，各種技能招式全用上，而對抗巨蟒的莎娃蒂則使用技能提升力量後，猛地使力撞開巨蟒相抵的犄角。

下一秒，莎娃蒂身後出現八把不同形態的刀劍飄浮，大小皆有。

隨即抓起一把「太刀」與一把幾乎與自己等身大的「長形鋸刀」，莎娃蒂腳步一蹬躍上天空，朝巨蟒瘋狂砍擊！

豈知蛇皮意外堅固，巨蟒沒受傷，刀刃卻已出現裂痕。

莎娃蒂一瞇眼，毫無猶豫直接將手上握著的兩把刀全扔了，同時手勢一轉，從身後飄浮的刀劍中抽出雙斧，雙臂使力，朝下重砍——

鐵刃與犄角相撞，莎娃蒂死命相抵，卻還是抵不住這怪物的堅固韌性，只見斧面逐漸攀上裂痕，然後一瞬間碎裂崩壞。

巨蟒一個甩頭，莎娃蒂瞬間被撞了出去。

同時，巨大的紅色法陣在巨蟒後腦顯影、盤轉，一個瞬間，百枚子彈如雨般射下！

只見荻莉麥亞拿著狙擊槍瞄準巨蟒，專注使用大型技能「Comet storm strike（彗星連擊）」；愛瑪尼緊握「金錢龍鐮」在荻莉麥亞身旁擔任護衛工作，抵擋周圍突襲的小蛇。

「莎娃蒂！」

嫩B趕緊揮晃手指，樹叢立刻移動樹枝去接住莎娃蒂，只是那股衝力太強，莎娃蒂連連撞破好幾層枝葉屏障，在最後一層時才緩衝速度被接住。

彈雨落擊砸出火花，攻擊持續一分鐘不間斷。

「Comet storm strike（彗星連擊）」是以使用者的槍枝內含彈藥為基準，一枚子彈約五秒鐘的技能使用時間，荻莉麥亞狠狠的將槍內的彈藥全數射盡。只是當火光散去時，荻莉麥亞愣住了，因為巨蟒根本毫無損傷，還露出挑釁與嘲諷的「嘶～」一聲。

「真是難纏的傢伙！」

貝貝拉拿著一根電蚊拍狠狠K掉後方彈跳而起的小蛇，手掌一轉，電蚊拍消失不見，取而代之的是八枚彩色細管炸彈出現在指縫間，引線「啪滋」一聲亮起火花，貝貝拉高舉左腳做出投球姿勢，一個屏息，炸彈用力擲出——

「砰、砰砰砰砰砰砰砰！」

八聲爆響伴隨著彩色煙幕出現，當彩煙散去，橡皮糖般的黏物沾黏在巨蟒身上，將巨蟒與地面緊緊黏合，囚禁巨蟒的行動。

「不過是隻沒腳的爬蟲類，就該給我滾回動物園裡去！」貝貝拉指著巨蟒，相當有氣勢的怒喊。

見機不可失，嫩B趕緊示意莎娃蒂幾句，莎娃蒂也明瞭的收起刀具，改叫出一把有凶猛火力的機關槍，綠色的雷達鏡片出現在莎娃蒂的右眼；嫩B臉上出現了橘色護目鏡，手上緊握金色長管手槍。

「Go!」

一聲令下，嫩B和莎娃蒂同時衝出，飛快的穿越過蛇群的攻擊，利牙與毒液都被俐落的閃開，接著在一個定點佇立，兩人同時瞄準巨蟒的雙眼，扣下扳機！

「砰、砰砰！」

「噠噠噠噠噠噠噠——」

凶猛的槍火直擊目標，巨蟒的眼裡炸出火花。

「嘶撒啊啊啊啊啊──」

巨蟒的眼淌下血淚，疼痛讓牠瘋狂扭動。嫩B與莎娃蒂本要趁勝追擊，豈知巨蟒的尾巴竟在下一秒掙脫禁錮，朝開槍的兩人掃去。

千鈞一髮之際，莎娃蒂一個翻身跳到嫩B面前，將她抱起就趕緊往旁退離。

蛇尾重打在地揚起塵灰，劇烈風壓向森林掃去，靠近的樹木皆被掀翻了根，就連蛇群也飛了好幾百尾，看來痛到失去理智讓巨蟒連攻擊都無差別了。

所有人皆努力站穩腳步抵禦風壓，只是這風還是太強大，根本讓人無法張開眼，就在那一瞬間蛇尾重重甩打過來，來不及躲避的人皆被打飛出去。

花花兒看見那巨大的蛇尾迎面而來，胸口頓時瘋狂跳動，那是恐懼與害怕，這是他自玩遊戲以來從未看過的世界，如此巨大與凶猛的怪物……

懷抱迎面撲來，熟悉的氣味讓花花兒還來不及思考對方是誰，衝擊也在同時撞擊而上。

「砰！」

在地上連翻好幾滾，因為被人護著，花花兒並未受到嚴重傷害，只是抱著自己的那一人……花花兒睜開眼，發現壓在自己身上的人是誰後，他嚇了一跳，趕緊爬起。

「扉、扉空！？」

女子長髮凌亂披散，用來固定馬尾的髮飾也不知道摔落何處。

花花兒看見對方身上亂七八糟的擦傷，原本止血的布條又染了紅，想也知道肯定是剛剛為了保護他所造成的。

「對不起、我……」如果自己再靈敏一點、再厲害一點，扉空也不會受那麼重的傷。花花兒很自責，眼淚滴滴答答的落下。

「別哭……了，我沒事。」扉空用盡力氣才忍住那幾近散骨的痛，她咬牙想坐起，卻爬不起來。

此時，巨蟒突然將目標轉移到花花兒與扉空所在之處。或許是因為失去雙眼，現在牠對聲音極度敏感，也只能靠聲音來區別敵方的位置，但無所謂，只要知道人在哪就行了，這些可恨的傢伙，牠一定要將他們生吞活剝！

巨蟒拖挪著身子前行。

葛格慌張的飛上前想阻擋，卻被輕輕鬆鬆的撞開。

巨蟒張開巨大的血口，如象牙般的白牙滴出濃稠綠液。一個瞬間，巨蟒俯衝上前！

「扉空、花花兒！」

荻莉麥亞和其他人從地上爬起，慌忙朝巨蟒鎖定的目標衝去，只是腳程比不上俯衝的速度快，他們只能眼睜睜看著那張嘴、那毒牙朝兩人吞去——

心裡想著逃不過，扉空正要將花花兒推向安全地方、打算犧牲自己時，卻沒想到花花兒比自己更快行動，伸出的手來不及抓住那紫色衣襬，在扉空錯愕的目光下，只見花花兒雙手突然往前伸，直接抱住其中一顆白牙，不知哪來的力氣將整條蛇就這樣瞬間擋了下來。

毒液從牙根滴落，腳前的地面被侵蝕出一個凹洞，騰騰熱氣冒出，花花兒卻完全沒半點退縮。

「敢讓扉空傷成這樣，你死定了！」咬牙切齒的話語從花花兒嘴裡吐出。

腳底竄出熊熊火焰，紅色的火焰圖騰浮現於小腿、手臂，最後連原本漂亮無痕的臉蛋都攀爬出圖騰，花花兒金色的眼一瞬間染上炎紅，烈火環繞覆蓋於四周。

抬起的臉沒有剛才的驚恐，而是幾乎燃燒掉所有氧氣似的令人窒息。

當巨蟒感覺不妙時已經來不及了，牙身傳來一陣強勁拉力，雙牙就這樣被扯著往下——

「砰！」的一聲巨響，巨蟒的雙牙深深砸進泥土裡插著動彈不得。

花花兒一蹬躍上巨蟒頭頂，在眾目睽睽之下高舉著拳，原本的氣旋染上火焰，變成了一道旺盛的火捲，火捲越燒越大，變得與巨蟒同大，最後根本是以花花兒為中心在燃燒。

「喝啊——！」

一拳落下！

巨蟒的頭部直接被火拳直擊，強勁的力道讓底下的土地瞬間碎裂！巨蟒陷進土裡，強烈的火焰不只燃燒了整隻蛇身，還向外擴散席捲。

靜電趕緊架起防護法陣，雖然勉強擋下火焰，卻擋不住那熊熊燃燒的熱氣。

火焰持續燃燒了近一分鐘才漸漸熄滅。確認火焰散去，靜電才解開包圍眾人的法陣。周邊森林變成黑炭，就連巨蟒也被燒成了渣。

一旁，從遠處趕來的伽米加終於抵達戰鬥現場，王者一行人也跟著跑出樹林，所有人看見這景象全傻了眼。

「扉空！」

伽米加一看到那坐在地上、傷痕累累的女子，立刻奔跑上前。座敷童子和杴木童子也在驚呼一聲後，跟著來到扉空身旁慌張詢問怎麼會弄成這副模樣，扉空則簡單說明了剛剛的戰鬥情況。

「這到底是……？」

這樣的景象可不是小小技能足以造成。正當王者對於這火燒森林的景象訝異不已時，一

個人從那高攏的渣灰中站起。

身上的火焰圖騰消失，花花兒像是醒神般的頓了下，環顧一下周圍，燒成灰燼的樹木、所有人的錯愕目光以及腳下那團發出炭烤香味的黑渣，她不知所措的摸了一下脣。

「這、這個……」花花兒趕緊跳下黑渣山，跑到扉空面前。

「這是……你做的？」伽米加愣愣的發問。

花花兒本來要否定自己才沒有那麼強的技能招式時，耳邊響起的系統提示音效讓她頓了一下，皺眉沉默的打開技能面板拖移查看，只見一個名稱為「霸山烈焰拳」的技能圖案出現在技能表裡，點開說明，花花兒回答：「好……好像是，看起來是火靈族的專屬招式……」

他剛剛看見扉空傷得那麼嚴重，一時失去理智，怎麼打倒怪物的其實他也不太清楚，只知道腦海裡響起當時那位新手村的長老說過的話：「身為火之子民的妳，火焰將會激發出妳原有的潛力。」

然後等他回神時，周遭的森林都變黑炭了。

停止思緒，花花兒想起了更重要的事情，擔心的拿出一堆傷藥，緊張的問：「扉空妳沒事吧？我、我幫妳擦藥，這些都一起用能不能快點好？」

雖然玩線上遊戲已有一段時間，但是以經驗來講，花花兒還是新手，藥物能不能混合、混合後又能不能縮短治癒時間他不懂，他只希望扉空快快好。

「我沒事，別擔心。」扉空回給花花兒一個安撫的眼神，從他懷裡取走一罐口服傷藥，打開軟塞喝下去。

「你們還好嗎？」

王者一行人來到分散的同伴面前，幫忙攙扶起身。看來應該是沒有受到什麼嚴重的傷。

「不過就是遇到一條大蟒蛇，也剛好試用了新研發的炸藥，那黏性挺不錯的，不過用在大型怪物身上，要是碰到劇烈掙扎的話，效果還是有些差，看來要稍作改良更提升。」貝貝拉彈指說出結論。

靜電拍拍衣袍，向雷皇點了點頭，算是幾日不見的交代。

即便剛剛經過激烈戰鬥，莎娃蒂依然秉持著主人為尊的規矩，武器一收就立刻跪蹲在嫩B面前幫忙整理對方的衣裳。

槍雨上前像是惡作劇般的揉亂嫩B的髮，看自家「妹妹」煩躁反抗的模樣，她開心的笑了。蒂亞在莎娃蒂替嫩B整理完衣服後，也蹲下替她查看傷勢。

愛瑪尼拍拍頭髮上的灰塵，與荻莉麥亞一起朝扉空所在之處走去。

「剛剛真是嚇到我了，沒想到花花兒你這麼強呀！嘿～有沒有興趣進入夢幻城的軍事部

呢？」貝貝拉來到扉空一行人身邊，打趣問道。

看來危機解除讓大家都鬆了一口氣，畢竟那條巨蟒真的很難纏，只是他怎樣也沒想到花花兒竟有如此力量。說到底……花花兒的職系和日天君其實算同一類，這樣的話，以力量為主的玩家發起飆的時候確實較為占上風。

「這……」

「這可不行呢！花花兒要跟我們一起旅行冒險，我們說好要向他一一介紹《創世記典Online》的好風景了。」荻莉麥亞溫和的替花花兒婉拒。

「是嗎？那還真是可惜。不過若是你們哪天想要一起加入，我很歡迎呢！」貝貝拉毫不在乎被拒絕，雙手扠腰笑著繼續道：「比起王者，花花兒感覺起來更可靠。」

「再這樣我真的會離城出走喔。」王者撇嘴，小心警告。

「有勇氣妳就自己走出城，小心真的回不來。」

「別看我這樣，現在我反而有雷達般的直覺，就算沒地圖也絕對能回城。」王者抬起鼻子說得驕傲。難得缺點消失了總得炫耀炫耀炫耀。

貝貝拉用懷疑的眼神上下打量著王者，擺了擺手，「說謊的吧。」

要他相信一個從進遊戲開始就是路痴的傢伙突然一夕之間變正常，說給一百個人聽，一百個人不相信。

「不信去問其他人。」王者比了比朝這方走來的夥伴。

貝貝拉抱著存疑的態度上前詢問，其他人雖然遲疑，但確實給予肯定答案。貝貝拉難以置信，但不是驚訝王者變正常，而是哭訴日天君變成路痴肯定是被王者帶衰。

「嘖嘖！」王者不滿的別過頭。與其跟貝貝拉繼續打口水戰，不如和扉空聊天還比較實在，至少對方還不會吐槽她。

「扉空，需要我幫妳打個針嗎？這樣好得比較快。」王者好意詢問。

扉空並不喜歡麻煩別人，本要婉拒，結果沒想到伽米加和花花兒搶在她說話之前握住王者的手，懇切請求：「麻煩妳了！」

王者眨眨眼，看了扉空一眼，只見扉空抿了抿脣，朝她重新點頭說：「麻煩了。」

王者笑了笑，叫出副職的技能面板點選一罐白色藥水，巨大針筒出現在雙手，王者抱著針筒朝向扉空，針頭接觸心窩，融進出現的水波紋裡，活塞也開始自動下壓；在藥水注射完之後，針筒砰的消失，扉空的胸口前端也跳出一塊面板——

HP：滿量

MP：滿量

心肺功能：正常

藥劑吸收度：97%

創傷癒合度：95%

神之音經驗值：↑0.4

扉空解開手臂上的布條，原本猙獰的傷口已經消失無蹤，身體也不再疼了。她向王者道謝，隨後想起更重要的事情，接著道：「這幾天讓你們忍受伽米加這傢伙，希望她沒造成你們的麻煩。」

「我才不會造成別人的麻煩！」伽米加哇哇大叫爭取清白，但被扉空直接忽視。

「伽米加人很好，也幫了我們很多忙。」王者趕緊打圓場，「我才不好意思，要妳忍受貝貝拉……」

「我聽見了喔。」背後一道黑影雙手環胸睨視，眼裡發出十字紅光。

王者嚇了一跳，就算沒回頭，背後的寒意還是讓她全身發汗。她吞下唾沫，擠出笑容向扉空道：「總、總之謝謝你們這幾天照顧嫩B他們，如果之後有任何需要幫忙的事情，請儘管開口，若我能幫上一定會幫忙！」

連名字都不敢說了，明眼人都看得出來王者很怕貝貝拉。

扉空輕咳一聲，為了不讓王者再多說多錯，她只能就此道別：「謝謝你們。那麼，後會有期。」

看著扉空遞出的手，王者先是一愣，隨後與之相握。

「後會有期，有空歡迎來夢幻城作客。」

「嗯。」扉空輕聲允諾。

——希望下次有機會再見面暢談。

兩方隊伍人員也上前相互握手道別。

「王者哥哥，下次見！」

「掰囉！」

兩個小孩子揮手跑著跟上大人們的步伐。

目送扉空一行人離去後，王者也轉身面對其他人，舉手道：「那麼繼續任務吧！來討論一下，關於食葉龍你們要打小隻的還是大隻的？」

貝貝拉冷笑一聲，右拳打上左掌，狠聲道：「敢讓我浪費那麼多時間，打亂我提早結束任務拉靜電去約會的計畫，當然是回去揍扁那隻該死的異變種！」

王者下意識的望向靜電，只見當事人裝作沒聽見般的別過頭去看大樹。

對於靜電的反應，王者只能苦笑在心，然後看著貝貝拉用帶殺意的氣勢招呼眾人集合，往當初他們被食葉龍追擊的地方前進，誓言討伐那隻摧毀他美好計畫的大怪物，就算沒命也要拖對方下地獄。

王者聽見身旁傳來小聲的嘆息。

雷皇走過王者跟上隊伍，然後將手放在靜電肩上按了按，想必是要靜電自我多保重。

王者和日天君互看了一眼，只能無奈搖頭，跟上人群，重啟任務。

[第八伺服器]

多一根、少一根，統統都變回來吧！

當王者一行人結束任務回到夢幻城的城堡時，一群人還是性轉狀態，證明活動時間尚未結束。

而趕在活動結束前就破完任務沒有別的原因，僅僅是貝貝拉因為原本預定的計畫被打亂，於是火大的命令靜電將身上所有提升戰鬥力的藥物全砸在他們身上，逼所有人用速攻擊敗食葉龍、火速接下下一個任務又完成，然後不停用這樣的模式在進行任務，最後僅花了三天就破完任務，堪稱史上最壯烈的任務時光。

一群人毫無形象的趴在地上，累到有骨頭散架的錯覺。

「那，接下來就隨你們去。靜電，我們可以去約會了。」

完全累到沒有抵抗能力的靜電就這樣被貝貝拉抓住外袍拖走了。

就算投出求救眼神，其他人也沒力氣對抗貝貝拉，只能眼睜睜看著靜電走向可能會被吞下肚的深淵。

雪白翅膀拍動，剛降落於城堡外的女性羽人看見被拖走的靜電，原本一臉疑惑，接著頭一轉，望向那群癱在地上的團隊，原本還在思考這些人是誰，但在看見王者後瞬間明白所有人的「前」身分，趕緊上前施展治癒術。

恢復體力的眾人終於從地上爬起，不再繼續難看的趴著損害夢幻城的顏面。

王者長長的吐出一口氣，抱著頭抱怨道：「嘖！貝貝拉那個大惡魔，竟然為了約會而這樣操我們……」

「還好沒被操掛回重生點，不過靜電……」雷皇複雜的望向剛剛靜電被拖走的方向，嚴肅默哀，希望對方還能完整的回來。

「謝謝妳，多虧妳幫我們回復體力，請問妳是……？」

日天君覺得眼前的羽人很眼熟，只是卻想不起來是誰，畢竟對方身穿一件足以看見胸前深溝的白色薄紗服飾，及腰金髮綁成一個有著垂線造型的馬尾，面容溫和美麗，整個人說是從壁畫中走出的真正天使也不為過。

女羽人挑了挑眉，瞬間朝旁一撲抱上王者，好聲喊：「王者閣下～」

詞彙一出，眾人全瞪大眼。

見達到自己想要的結果，女羽人——橘子球勾轉著自己的髮尾，笑道：「看你們傻眼得……怎麼，可以接受自己改變，就接受不了我變成的模樣嗎？」

「這不是接不接受的問題，而是妳真的改變太大。」

看看，原本那個穿著大花拖鞋、毫無品味的男子，一瞬間變成端莊賢淑的氣質美女，怎麼想就怎麼合不起來。

「我也不輕鬆啊……」橘子球無奈的摸了摸眉，抱怨道：「誰叫哇沙米性轉後整個人變得超詭異，自稱自己是裝扮大師，逼得我們這團不換上他滿意的服裝和妝容就不放我們走，其他人現在還癱在服裝店裡，還好我聰明暫時合作，不然現在你們哪能看見我。」

她一上線就發現自己竟然變成了女人，本來是想說能體驗不同人生而覺得有趣，結果沒想到哇沙米一來，整個人像是不知道吃了什麼禁藥，指著羽蓮盟所有人說服裝太不入流，硬把他們全抓去服裝店，一個人至少被塞了一百套衣服強迫換裝，服裝還沒換到哇沙米滿意，人就先累癱了，說有多慘就有多慘。

好在她聰明，推論出哇沙米的品味，直接自己挑了現在身上穿的服裝；後來哇沙米又替她弄了個髮型，還威脅她不准讓他看見她換下這套衣服，也不准她沒有規矩與氣質，才肯放她離開服裝店。

為了不再被哇沙米拖回去，橘子球就乖乖當起氣質熟女，畢竟當她重新路過店外，看見那群還在捧著一堆衣服、幾乎都吐魂的夥伴，整個是心酸又難過，也慶幸自己還算聰明。

哇沙米的改變，橘子球也多少猜到是活動性轉的影響，所以現在她也只能祈禱活動快快結束，不然那群人不知道要到什麼時候才能出來。

「這樣說來……我們算逃過一劫吧。」嫩B摸著下巴，抿嘴，說出結論。

回想起當時，哇沙米看見自己性轉後喜孜孜的說要去找同伴就飛走了，要是她再多待幾秒，那個改變的影響開始產生效應時，說不定現在在服裝店的就是他們了。

聽見這話，所有人心中同時都有鬆了一口氣的感覺。

「離活動結束還有一小段時間，我就先回房休息了。」槍雨晃了下手，率先走上樓梯，但走沒幾階又突然拐到腳，最後還是靠著蒂亞一步一步小心翼翼的攙扶才順利回房去。

「我倒是想看看羽蓮盟那群人現在的模樣，感覺應該滿有趣的。莎娃蒂，我們走吧。」

「是的，少爺。」

嫩B與莎娃蒂一起離開了大廳。

「暫時應該沒什麼事情會需要我們，那我們也回房去吧。」

王者正要向橘子球道別，與日天君、雷皇回房間去時，橘子球卻突然出聲喊住王者。

王者停下步伐，見橘子球笑咪咪像是有話要說的模樣，她只好向樓梯上的兩人揮手，表示要她們先離開。

日天君和雷皇互看一眼，向王者道別，上樓去了。

王者走下樓梯，問：「橘子球，什麼事？」

問話一出，沒聽到回答，倒是見橘子球繞著自己打轉，還一邊發出「嗯……」的聲音。

「橘子球？」

詢問再出，橘子球才在王者面前停下，攤開手笑道：「抱歉，只是覺得妳這副模樣實在是太特別了，所以就忍不住叫住妳多看幾眼，好留存在記憶裡。」

「……蛤？」

王者的呆愣模樣讓橘子球忍不住輕笑，伸手觸碰王者編得漂亮的側髮，銀白的髮絲柔滑順手，「喔，再加上這表情就真的像莫邵萱了。」

終於明白橘子球在說什麼了，王者頓時摸了摸瀏海，掩飾自己的彆扭，撇嘴道：「變回女生，模樣當然像現實，我本來就是莫邵萱。」

話語不再有當初的逃避，而是坦然肯定。

「喔喔，我就愛聽妳這句話，妳都不知道妳上了大學後我多孤單，天天整治那群毛小子整到我都無聊了。」橘子球擺了擺手。

——整、整治整到無聊……？

橘子球是王者高中時期的班導師，如果她說「整治」……對象肯定是指班上的學生！基本上，橘子球是「人不犯我，我不犯人」，但若是學生亂來，不管亂來的對象是誰，橘子球肯定衝第一個教訓。

以前王者在學校就受到橘子球很多的幫助，也因為有橘子球，她才能過上一段平穩的日子，因此對於橘子球付出，王者很感謝。只是有時候橘子球的教訓手段也挺可怕的，明的不做來陰的，想起當時眾多較不乖的學生怕橘子球怕得要死的模樣，就算她沒親眼看到，也能大概猜想到那教訓畫面應該幾乎都需要打上馬賽克。

「大家還不懂事……」

「我可不容許學校裡再出現那種不成熟的學生，把欺負人當有趣。」橘子球手扠腰，鼻哼一氣，說得正氣凜然。

「啊……」王者也不知道該怎麼勸，她知道橘子球這麼討厭欺負人的學生就是因為她。橘子球當時很努力的保護了她，這讓她一直感激在心。

「不說這個了，你們這次出任務好玩嗎？」

其實橘子球比較想問怎麼出任務出到一群人掛著回來。

「該怎麼說呢……本來一開始是想打食葉龍，誰知道官方趁這次活動一起改版了怪物性能，結果就……」

王者開始講述從活動日開始而起的任務內容，到他們因為摔下山谷被河水沖走失散，然後恰好救起伽米加……到最後被貝貝拉指揮著花三天破完任務搞到身心疲累。

王者的表情相當豐富生動，在橘子球眼裡看來是充滿了光彩。看著王者笑著的模樣，橘子球也不自覺的笑了。

那時的她從未想過能有這麼一天，看著這孩子發出真心的笑著，縱使過往經歷過許多悲傷的事情，依然勇敢向前邁進。

「我看下次也跟你們一起去玩玩好了。」

「咦？」

「感覺你們遇到有趣事物的機率比較高。如何？」橘子球食指抵在唇前，提議道：「下次就種子隊和羽蓮盟一起接個任務來玩玩吧！」

種子隊和羽蓮盟從未組成任務隊伍過，說不定真的會很有趣！

想了想，王者重重點頭。

「就這麼辦吧！……不過前提還是希望到時候別又出現什麼讓人措手不及的惡作劇。」

站在窗邊，俯視的高度足以越過城堡柵欄看見街上熙來攘往的人潮，聽見嬉鬧的聲音。

「噹啦噹～噹噹！」

像是某種猜謎遊戲猜中時會出現的音效在耳邊響起，下一秒，「砰」的一聲，煙霧瀰蓋全身，待煙霧消去之時，原本站著的長髮少女變回了短髮少年。

王者換下身上的洋裝，穿回褲裝與紅色外套，並將及肩的銀髮重新綁成馬尾。

看了一眼鏡中的自己，王者來到窗邊。

窗外隱隱約約可聽見許多人的歡呼與嘆息——男生歡呼自己的重要寶貝終於重新回來，女生嘆息有趣的日子就這樣結束了。

每個人懷抱著不同的心思，重新回到屬於自己的軌道上。

王者手肘靠在窗檻上，托著下巴，下了個結論：「就某個點來說，其實這次的活動挺有意思的。」

雖然一開始被變成女生是有些彆扭，但就如ＥＰ１所言，能有一次穿上漂亮的裙子和大家一起去冒險，說他沒有期待過是騙人的，何況這次的旅行也有難得一見的紀念品。

信件面板跳出，王者打開來閱讀之後，收下了附件檔案。打開影像檔儲存面板，除了原先儲存的照片檔，另外還多出了好幾張新的未讀圖檔，他點開來，放大的影像裡是座敷童子當時拍攝的照片，他和日天君、雷皇三人的合照。

「肯定要印出來貼在房間！」

王者心裡正做著美好打算、樂呵呵的笑著時，房門突然由外打開，王者心中警鈴大響，一轉頭，果真看見日天君和雷皇正站在門口。

「我就知道你叫他們傳給你。」變回男性的雷皇瞇起眼，散發風雨欲來的可怕氣息。

「王者，刪了照片我就不計較，我也不想為難你。」溫和先生日天君語重心長的勸說。

王者慌張揮手，試圖打哈哈混過，誰知道在比劃間，手指竟晃過影像面板，照片連跑好幾張，最後停在某張金髮女子熟睡的臉龐，照片再跑下一張，是褐髮女子的睡顏。

——死定了……

王者有種即將上了斷頭臺的感覺，吞了下唾沫。

本來打算藏一輩子，結果沒想到是自己破了自己的局……一看見雷皇和日天君臉上的表情從紅變成青、擺出那熟悉的戰前動作時，王者當機立斷直接翻窗逃了！

「別跑！」

「快把照片刪了！」

日天君與雷皇抓著窗檻怒喊，可惜依然阻止不了那慌慌張張逃跑的身影。

他又不是白痴，就算他把照片刪了，他也不相信那兩個愛面子的傢伙會放過他，不把他拆骨一次是絕對不會消氣！

王者跑出城堡，下意識選擇右邊的道路跑，左彎十八拐，穿越重重大道、小道，最後來到了哪一條路他也分不清楚，只知道自己還在城裡。

想著要找個可以讓自己躲上一陣子的地方，一邊往後看看有沒有人追來，就這樣「咚」的一聲，王者撞到了銅牆鐵壁，跌坐在地。

「是誰在這裡擋了……個……東……」聲音越說越小聲，最後變無聲，王者瞪大眼看著本該被他甩開的兩人竟在他前方，再往旁一看，王者發出驚恐的怪叫：「誒——為什麼又回來城堡了！？」

活動期間因為性轉影響，王者的路痴缺點變成了直覺性導航，但活動時間結束後，一切變回原貌的王者自然也重拾路痴特性，日天君和雷皇就是知道這一點，所以衝下樓之後直接在大門口等著王者自投羅網。

「敢偷拍，就要做好覺悟。」雷皇這次不用雷蛇，而是拗了拗拳頭。

「把照片刪了，我就不計較。」日天君說得很有轉寰餘地，但表情卻是笑裡藏刀，完全看不出真的會不計較。

看著兩人的陰影幾乎遮掩住陽光，王者慌張求饒：「等、等等！有話好說！大不了我洗一張給你們，費用我出……呀啊啊啊啊！」

路人紛紛繞道走，別人的家務事千萬別管。

雷皇毫不留情直接出招鎖喉制住行動，緊接著日天君使出十字固定。王者感覺自己的骨頭是真的快散了，連那關節的嗶啪聲都清楚得連連聽見好幾聲。

被日天君和雷皇毫不留情聯手整治的王者，這下子真的欲哭無淚，猛拍地面大喊：「我認輸、我認輸——！」

——早知道我就不偷拍了，幹嘛自己掀了自己的底啊……

在與遊戲世界分隔的空間裡，青翠的草原上擺放一座等身大的圓鏡，圓鏡裡正顯示目前夢幻城城堡大門外上演的鬧劇。

ＥＰ２一掌拍額，哀嘆：「大姐姐也真是的，要是我的話就絕對不會被人抓到小辮子，現在可好了，我看等等過去一趟幫他『修復程式』好了。」

ＥＰ１微微一笑，「也好，等等我和妳一起去看看吧，乾脆順便一塊修復『被刪掉』的照片好了。」

「……EP1你變壞了！」EP2先是掩嘴驚呼，隨後雙眸一垂，挑眉接著道：「不過我喜歡你的改變。」

EP1輕笑出聲，輕搥掌心，加碼提議：「這次開發團的活動設計得挺有趣的，不如下次的活動就以這個作為藍本，來討論看看要更動哪個細節再推行，妳覺得如何？」

EP2舉著右手開心的跳了一下，「這個我完全支持喔！因為我也滿喜歡這次的活動企劃！不過，如果下次還要變更性別的話，我就要先請假，我才不要再錯過和大姐姐相處的機會呢！」

「妳想走，誰攔得了妳？」

身為AI的EP2若真想蹺班，除了與她同個本體的他有能力之外，光憑開發團的電腦操作能力根本無法阻擋EP2隨處趴趴走，沒有意識的程式絕對比不上擁有自主的系統。

「那倒是。若本宮要走，誰攔得了！」說完，EP2還小拇指一翹「哦呵呵呵」的笑了起來。

EP1無言皺眉，問：「妳又看了哪部劇了？」

也不知道EP2從什麼時候開始，有一天就這麼捧著幾個程式粒子窩著看了起來，之後他才發現那些程式粒子其實就是從網站論壇下載而來的電視劇，雖然他不知道別人是如何，但ＡＩ看電視劇還看到入迷，這在他的認知裡可是頭一遭。

「《永結彤心》。」

提到電視劇，ＥＰ２整個人變得興奮，抓著ＥＰ１的手介紹道：「這部電視劇真的超好看的！尤其是小彤彤被皇后扔進古井裡那一幕，害我的心亂揪一把！ＥＰ１你要看嗎？反正我們看電視劇也不用點數或是錢。」

ＥＰ２掩嘴，笑得邪惡。

身為ＡＩ的他們可以自由穿梭在各個由程式架構築起的空間，入侵網站論壇根本是牛刀小試，更別說免費下載幾部電視劇來看看，根本手指一彈就OK了。

ＥＰ１直接一個手刀劈在ＥＰ２的頭頂，要她別犯傻，誰知道侵入到最後會不會被抓出來，就算他們再如何神通廣大那也是一樣。

「放心啦！我消痕跡消得很乾淨，就算我取走，也不會改變下載次數的數字，他們絕不會發現。」ＥＰ２揉著頭，看ＥＰ１一臉嚴肅的模樣，她身子左扭右扭，暫做妥協：「好嘛～要不然我這陣子就先別去下載，這樣可以了吧？」

嘴裡這麼說，但ＥＰ２心裡卻是調皮的吐舌頭——她怎麼可能放著想看的影劇不去看！

早已看透ＥＰ２想法的ＥＰ１只能無奈的嘆氣，朝ＥＰ２的額頭輕戳了下，交代：「別弄得過火給創世那幫人惹一堆麻煩。」

「知道啦、知道啦！我超有分寸的！」ＥＰ２五指併攏靠在眉梢，嘻嘻笑道。

突然，周圍的氣氛起了變化。

藍色粒子徘徊旋轉，在草地上塑造出一個人形，待光線消失後，綁著雙馬尾的少女四處張望，疑惑的問：「這裡就是遊戲裡面嗎？」

見新玩家到來，ＥＰ１和ＥＰ２互看了一眼，收起剛才的笑鬧，來到少女面前。

「歡迎您來到《創世記典Online》，新玩家，我們是創角員Eraprotise one與Eraprotise two，請多指教。」

世界每分每秒都在改變，人類每分每秒都在前進，他們創造一座給予改變契機的世界，而在這座世界裡你能改變多少，端看你如何去挖掘。

與朋友笑鬧的時光。

獨自一人徘徊的迷惘。

堅定不移邁開的步伐。

許許多多的回憶將成為陪伴你成長的動力，當你努力不懈、勇敢向前，那麼必能看見專屬於你的《創世記典Online》，如同那句人人朗朗上口的口號——

改變，就從創造開始。

Fine

［番　外］

【AR】在那之後

那是個很奇怪的世界。

所見之處皆是純白的背景，許許多多像是蝌蚪形體般的彩色光四處游動，他是這之中唯一像「人」的存在。

他記不清楚當時他在那裡待了多久，只記得一道聲音從虛空傳來與他對談，排解寂寞。

直到某一天，那聲音突然問了他一句話，他回答了什麼其實也忘得差不多，唯一記得的是，那聲音帶給了他一直不敢想的奢望……

「小陽，掰掰～」

學校的玩伴向站在校門等待雙親來接送的他揮手道別。

他回以笑容揮別。

陽——這是他從開始擁有自我意識以來雙親賦予他的名字，他的玩伴都暱稱他為小陽。

小小的太陽，照亮萬物的光芒。

父親常常笑稱，因為有他的存在，才能照亮母親這顆月亮。那時候的他不是很懂這話的涵義。

或許是因為母親的名字叫做「月」的關係吧，他記得課堂上老師有教過，月亮是因為藉由太陽光芒的反射才能顯現專屬於自己的亮光。

熟悉的跟鞋踩地的聲音傳來，他下意識回頭看，朝著從遠處走來的兩人揮手，並奔跑上前——身穿黑色西裝的男子與白色套裝的女子，他的父親與母親。

「今天在學校有沒有乖乖聽老師的話？」父親一把抱起他，笑著詢問。

——當然，老師誇獎他超乖的！

他驕傲的說完，也伸手觸摸父親左臉，那已淡化、卻還是可見與周圍皮膚完全不搭的燒傷疤痕。

父親從不說他的傷是怎麼造成的，因為不好的回憶並不需要記得，人活著只要快快樂樂的就可以了。

鼻尖嗅進熟悉的淡淡香水味，一雙手從旁而來，父親將他放進母親的懷抱裡。

「啊……我們家的小陽每天都在增重呢，將來一定會健康長大。」

塗著淡色指甲油的指尖輕輕刮搔他的鼻頭，讓他覺得癢癢的。

母親在他臉上親了一口，隨後將他放下，與父親兩人各牽著他的左右手，三人一起朝回家的路走去。

「今晚想吃什麼？」

——燒肉漢堡！

母親手指抵在下巴，露出思考的表情說：「一直吃肉可不好呢……我想想，在漢堡裡加點小黃瓜和茄子好了。」

——茄子不要！

明明就知道他不喜歡吃茄子，居然還要加茄子？不行不行！

「不管，我要加茄子。」

——不可以，小陽不喜歡吃茄子！那個軟軟的就像死掉的蛞蝓！

「不管，要加。」

——啊啊啊……

面對他的緊張叫鬧，母親開心的笑了。每次母親總會這樣，明知道他不喜歡吃茄子，卻還是故意說要煮茄子來逗他，然後看著他緊張的模樣笑得比任何人都要開心。

雖然他很討厭母親每次都這樣鬧他，但是他卻完全無法討厭母親這個人，因為母親曾經對他說過：「本來應該不可能再獲得的我，上天卻願意寬恕我的罪過……小陽，你是神賜給我的奇蹟。」

撇除老是被母親弄得哭笑不得，其實那一家三口的日子是真的很開心。

「嗡——」

門板因感應而自動打開，他回到教室的座位上。

許多青少年圍成一區區的打鬧，少女興奮的指著手工藝雜誌討論，還有幾個人坐在座位上閱讀書本，感覺相當有文青風味。

不知不覺，他從小學畢業，上了國中、高中，一家三口的日子並沒有太大的變動，唯一有的變化就是母親和父親結束前一份工作後，在住家一樓開了間花店，雖然收入沒有之前的薪水多，但卻是能負擔每月的支出費用。

母親和父親原本就有研究相關的技術知識，因此在花材的保存也應用上了一些小技巧，讓花的保鮮度更高，客人口耳相傳，目前花店的生意算是興隆。

教室的門再次打開，但進來的不是學生，而是一名身穿白色長袍的男子，男子來到正在講臺整理資料的女子身旁閒聊，如果仔細觀察，還能看見他們兩人擁有相似的輪廓——據說教國文的林老師和保健室護理長是雙胞胎姐弟。

上課鐘響，護理長揮手離去，順便交代熟識的學生要好好照顧身體。

林老師也繼續回到上堂課講述的課本內容裡。

他沒有兄弟姐妹，所以並不知道那種手足間相處的感覺，但看那兩位大人常常膩在一起感情很好的模樣，他想，如果他有哥哥或妹妹，說不定會是這樣的感覺吧。

「生日快樂，小陽，恭喜你十六歲生日！」

母親捧著一個用包裝紙包得漂亮的紙盒遞到他面前，他開心的接下，並在雙親微笑的目光下拆開包裝，但裡面的禮物卻讓他滿是不解。他拿起放著兩樣設備的紙盒，照上面的生產日期來看，這應該是舊型的線上遊戲設備，只是這款遊戲的名稱他並沒有印象。

他詢問雙親為何會送他這舊型遊戲的設備，他們並沒有給予他確切的回答，只有母親用著惆悵與懷念的語氣如此說著：「雖然遊戲舊了，但這卻是我們結緣的開頭，而過去發生了很多事……然而因為有它，才有你。總有一天，你會需要它。」

他還是不懂母親這話的意義，只能在回房後上網去找尋關於這款遊戲的相關資料，他閱讀著，也做出了結論。

這款遊戲在十幾年前曾經是排行第一的熱門線上遊戲，有許多的玩家群，風評算是數一數二，但發行約十年後，也就是大概在他七歲時正式停機，設備基本上都已全數被遊戲公司回收了，只是不知道是不是有遺漏，母親還保留設備讓他很意外。

這個設備雖然外盒有些泛黃，但內部卻很乾淨，應該是從未使用過。

他的疑惑更多了，母親為什麼要將這全新的舊型設備留給他？無法進入遊戲裡玩的設備根本沒用啊！

最後無解的他只好將紙盒隨手塞進衣櫃裡。

好幾年後，他繼續升學、從研究所畢業，找了份穩定的工作，遇見了喜歡的女孩子，結婚，生子，經歷雙親離世，然後孩子也結婚延續下一代……人生必經的過程他都走過，他的生活穩定而幸福，他的記憶滿無空隙，全是人人羨慕的相處時光。

可是，明明該是漲滿的心情，心裡深處卻一直有股他無法排解的空虛，好像有什麼事情是他遺忘、正在找尋的，但他卻想不起來。

窗外傳來小孩子的嬉鬧笑聲，他聽見樓下傳來開門、妻子與他人交談的聲音。

今天是孩子帶著孫兒回來探望的日子。

陽光照在蓋住他雙腿的毛毯上，放在椅子扶手上的手滿是皺紋，前方的全身鏡裡倒映的是名坐在搖椅上、白髮蒼蒼的老人。

孫兒笑鬧的聲音開朗清晰，隨著那些笑聲，他的腦海裡卻開始回想起各種記憶，從最近的開始倒轉，宛如影片般的播映，而他就像坐在寬廣無人的片場中的唯一觀眾，看著自己的一生。

孫兒出生時，他和妻子一起站在媳婦的床邊，他抱著男嬰彈舌發聲逗弄，開口笑了的男嬰讓所有人都露出開心的笑容。

不同的時期，他站在醫院的病床邊，目送年邁的雙親一一離世。

他與妻子坐在臺下，看著疼愛的兒子與另一名女子在眾人的見證下交換婚姻誓約──兒子與媳婦笑著對他們兩老揮手。

他慌慌張張的向公司請假趕到醫院，看見妻子手上抱著的嬰兒，他緩緩的來到床邊，擁住兩人欣慰的說聲「辛苦了」。

他在求學時段與人打鬧嬉笑，在班上扔東西互傳，一起奔跑冒險的青春時光。

還有牽著他的雙手，一步一步教會他走路、說話、寫字的溫柔雙親。

回憶一幕幕倒轉，然後終於停止在某個片段。

他睜開眼，聽見樓下傳來跑動的聲音，可想而知應該是孫兒正在走廊上奔跑，屬於孩子的青春活力正在綻放，但他卻……

他靠著椅子扶手的支撐緩緩站起，駝著背，一步步緩走到衣櫥前，他打開衣櫥，彎身蹲下，拿出了當初母親交到他手上的禮物——幾十年來偶爾拿出來翻看，卻未曾使用過的遊戲設備。

當初母親把這遊戲設備交給他的意義，至今他還是不明白，答案也隨著雙親的去世而變成無解。

——這還能使用嗎？

疑問，他也無從解答。

太陽光反射在橘色的護目鏡上，看起來有些閃亮。

想了想，他拿出裡面的電子手錶安裝上晶片，但因為手抖而花了點時間才裝好，他將手錶戴在手上。

捧著護目鏡來到床邊，他將身子挪移到床中央，靠著床頭坐著，戴上護目鏡。

雖然早抱持著絕對不可能通往遊戲世界的結論，但母親的話語卻讓他非常在意，在意到因為明白自己時間所剩不多，所以想要在離世之前找出答案。

隨著時間的流逝，他的視覺開始產生變化，閉上的眼睛理應看不見任何東西，但卻慢慢產生白光飄浮，然後連結成一條隧道。本該老花看不清的眼竟能清楚的看見四周，一陣光芒迎面襲來，他下意識的伸手遮掩，等到手再度垂下後，眼前的世界令他驚嘆。

那是一片寬廣不見邊境的草原，草原上開滿彩色的小花，清風吹來，花朵姿意搖晃。

——這裡到底是……？

「真是意外，居然還有人能到這裡來。」

身後傳來的訝異話語讓他回身望去，只見原本只有他一人的草原不知何時出現了一對看似十幾來歲的少年少女。

兩人穿著有點像角色扮演裡才會出現的服飾，如同妖精般。

「雖然不知道您是怎麼來的，不過《創世記典Online》在很久以前就已經停機了，目前遊戲不再開放，我現在會將您送回原本的所在之處。」

少年的音調令他感到耳熟，明明他就不曾見過少年，但隱隱的卻有種像是見到老朋友的熟悉感。

腦海裡不自覺的想起那一天，在年邁母親離世之前的時刻，母親拉著他的手，靠在他耳邊說的那一句話——

「謝謝你願意再次回到我身邊，當我真正的孩子，Artemis（阿忒米斯）。」

那時他不明白母親為何會說出這句話，只把它當成記憶的流痕放進心裡深處未再想起。

但現在，看著眼前這兩名少年少女，在自己意識到之前，顫抖的腳步早已邁開，他一步一步的來到他們面前，在兩人錯愕的視線下擁抱住他們。

心裡的枷鎖被解開。

或許他自己早已意識到，卻不敢去回想，因為現在的生活是真的很幸福，他也不需要記得自己那段滿是傷痛的過往回憶。

他忍不住淚流滿面，像個孩子般啜泣，滿是皺紋的手緊擁懷中的兩人。

他想起了遙遠回憶中的那句話，由程式構築成的純白房間，散落一地的花綠玩偶，擁有翠綠色調的少年對他如此訴說：「我相信總有一天我們會再見面。」

「是我、是我，Eraprotise one、Eraprotise two，是我啊……」

此時此刻，他終於明白母親一直以來對他訴說的話語。

而他，真的成為了母親的孩子。

巨大的圓鏡前方坐著三人——少年EP1與少女EP2分別坐在他的兩邊。

他本應為老人的模樣，可在鏡子裡倒映出來的卻是他曾經遺忘的樣貌，那名穿著白色服飾，名為「Artemis」的AI。

他垂下眼，一面聽著兩人嘖嘖稱奇的詢問，一面回答解釋他成為「人」之前的經歷與之後的生活。

那時，他在停下M77之後也以為自己應該會就此消失不見，但後來卻發現自己來到了一個未曾見過的世界，與那些廢棄資訊所待的地方又不同，是他的資料庫裡無法得到任何解答的處所。

若以人類的角度來講，那大概就是神明所在的地方吧。

從他到這裡之後已經不知道過了多少天，他感受不到時間的流動，唯有腦袋中的記憶提醒著他，他曾經有過那段要努力記得的回憶，忘不得。

『即便遭受過創傷也依然想記得嗎？』

恆遠之外傳來了聲音，詢問他的意識。

這問題他並沒有做出太多的思考，因為那聲音從他到這裡來之後就一直反覆的詢問他。

原本剛開始他回答得有些猶豫，因為那些回憶並不快樂，不快樂的回憶卻想要記得的原因只是因為他深愛著那人，但他卻不知道那人是否愛著他。

——因為我是替代品，是可以拋棄的存在。

每當腦海浮現這句話時，卻又有另一道聲音填補過去。

「我相信總有一天我們會再見面。」

這些記憶很珍貴，所以他不能忘。

他做出跟以往相同的回答。

——沒錯，不論如何我都不想忘記。

就算不被林月當成放在心上的孩子，他還是深愛著林月；即便知道與EP1、EP2再無見面機會，他也不想就此忘記。

『哈哈哈哈哈……你相當的有趣，明明本質並非人類，卻擁有人類的行為，那麼我就換個問題吧……』

『你對於自己當初做出的犧牲，是否曾經後悔過？』

聲音的詢問讓他頓時陷入思考。

說不曾後悔那是騙人的，但當他確切的明白，因為自己，那些人終於能平安無事之後，後悔就變成了慶幸。

還好只有他消失，真的，還好……

水珠滴滴答答落地。

他伸手觸摸，才發現自己原本不可能會落淚的寶石眼睛竟流下了淚水，第一次遇見這種情況的他只能不停的用手掌去抹，只是眼淚越落越多，讓他怎樣也抹不完。

『連人類都難以做到的犧牲，你卻做到了，你是我見過最特別的存在。那麼，我再換個問題，如果你有一次實現心願的機會，你想要許下什麼樣的願望？』

——願望？

『對，沒錯，任何的願望都行。看是永恆的存在或是其他事物……只要你想得到的，就說說看。』

——任何願望都可以？

一直以來他的心願就只有林月能夠正視他，但現在成為這副模樣的他根本不可能再有機會讓林月看見……既然如此，那麼就這樣吧。

——我希望……

『就這樣？』

——是的，就這樣。

『你真的相當有趣，既然如此，我就實現你的心願。』

說完後，聲音就此消失。

他不確定自己的請求是否已經實現，只是當他眨眼之時，所處的世界突然瞬間消失無蹤，獨剩自己站在黑暗之中，耳邊隱隱約約又傳來那道聲音。

『不過，憑空生個靈魂也不符合規定，我看看……不如就讓你去吧！』

他還來不及意會那句話的意思，只聽見一道彈指聲響起，濃重的睡意席捲而來，他的思考變得混沌，直到腦海裡只剩下他所說的那一句願望。

——我希望母親能重新獲得一個真正的、屬於自己的孩子。

後來，當他再次擁有意識時，自己已經成為了人類之軀，且在林月與格里斯的呵護下長大，只是他遺忘了身為人工ＡＩ的記憶，直到透過設備見到ＥＰ１與ＥＰ２，才真正的想起自己曾經是誰。

「你要回去了嗎？」聊到最後，ＥＰ１如此問他。

他想了想，搖頭否決。他終於明白林月特地留給他設備的意義。

他的生命已到盡頭，就算回去也只是在孩子的目送下離開人世，他體會了身為人類的幸福一生，此時此刻，他已了無遺憾，他該回到真正屬於自己的地方。

「那些人會哭成一團。」

明明該是開心的時光，卻送走了親人的離世。

正如ＥＰ１所說的，他可以想到孩子、孫兒與妻子發現他就此沉睡後哭泣的模樣，但那只是一時。

短暫的悲傷是必經的人生，在未來，孩子們會繼續向前。

他撐著膝蓋站起，感受著連結生命的細線斷裂，原本布滿皺紋的皮膚緩緩變成光滑的模樣，成年人身高的身形被年少的形態取代；他摸著自己變回金橘色的短髮，身上穿著的不再是襯衫和長褲，而是過往的那套白色服飾，但他的胸口不再擁有紅石核心，身上也無那些沉重的鋼甲。

觸摸著胸口，他感受到了規律的跳動。

他現在到底是人類意識還是程式，他分不清楚，他只知道自己獲得了如奇蹟般的緣分，體會他一直想要獲得的生活。為此，他真的相當感謝。

那麼接下來……

「不如就和我們待在一塊兒吧！反正現在我們在《創世》擁有滿多權限的，只要不干涉到人類，要怎麼使用隨我們。不過，也要擔任新遊戲的維護員，還有防止病毒、駭客入侵就是了。」

看著笑咪咪的ＥＰ２，以及向他點頭的ＥＰ１，他答應了。

隨後ＥＰ１和ＥＰ２帶著他向那些人類介紹他的到來，令人意外的是那些人並沒有太大的吃驚，反而像是在和朋友對話般的向他打招呼。

現在的社會，人工ＡＩ已成為普遍，就算沒有自主意識也能經由設定與人類對話如流，因此，真正擁有自主意識的ＡＩ也不再稀奇了。

他觀望那些在機臺前的人類，卻看不見本來應該在的身影。

「人類的壽命真的很短暫，當我們察覺到時，那些人都已經去世了。」

只要世界還擁有電腦，那麼程式就永遠不會消失，但人類卻沒辦法像他們一樣擁有無限的生命，所以只能一代傳一代，交代後人延續前人的信念。

「不過，能夠再次見到你，我們都很開心。這次你終於能真正的成為我們的弟弟了呢，ＡＲ。」

過往的悲傷已不再重要，現在他終於能實現長久以來的心願，不再被侷限於那臺主機構築成的世界，也不會感到孤單與寂寞，更不用再違背心願去傷害任何人。

他沒有消失，他獲得新生。

也終於能真正的自由去走。

他用力抱住身旁的兩人，露出了開心的笑容。

番外　【AR】在那之後　完

[番外]

【楊智元、李孝萱】遲來的婚禮

位於A市市區南邊，一個相當具有人氣的結婚聖地，園區草坪綠意盎然，映襯四周洋溢的祝福氣息，三座哥德式教堂分開座落於此園區內，隨著風吹，高樓掛著的銀色鈴鐺叮叮噹噹的響著。

教堂正各自進行婚禮前的準備，而位於東北方位的教堂，李孝萱正在新娘室裡由新娘秘書別上頭紗。

門被推開，穿著伴娘服的薇薇安和陸筱詩走進新娘室——兩人皆為短裙款式，薇薇安是單邊削肩的蓬裙款式，陸筱詩則是繞頸無袖、裙襬前短後長的氣質款式。

當然，陸筱詩為了配合其他人的身高，還特地穿上十公分高的增高型娃娃鞋，配上這款伴娘服是超級無違和感。

兩人目光一接觸到梳妝檯前的李孝萱，薇薇安瞬間興奮的走上前，繞著李孝萱轉著看，稱讚道：「啊啊啊！荻莉麥亞姐妳超漂亮的！」

李孝萱身上是一套露背的長襬禮服，纖柔的布料因摻有亮絲材質，在燈光下會因為角度而像星辰般隱隱閃爍，禮服正面繡有優雅纖細的花紋，讓整體不失優雅的古典美。她髮上有一水鑽髮箍，右側再一枚水鑽羅蘭花髮夾點綴裝飾，讓整體更顯亮眼；頭紗固定於中央，垂攏於後背。

人家說女人一生中，最美麗的就是當新娘的時刻，這話說得一點都沒錯。

「真不知道瑪尼哥當初怎麼忍心讓妳在遊戲裡苦等半個月。」薇薇安感嘆。

遲到新郎事件薇薇安略有耳聞，要是沒有《創世記典Online》和那奇蹟般的緣分，她看這輩子楊智元是絕對不可能再追回李孝萱，更別說能有今天這場婚禮。

李孝萱莞爾一笑。

的確，她能和楊智元真正的步入禮堂，真的很不可思議。

就像是在做夢一樣啊！李孝萱心想。

「總之，恭喜妳要結婚了。」陸筱詩祝福。

「謝謝。」李孝萱靦腆微笑。

「喀啦！」

新娘室的門猛地被打開，三人同時停下話題，望向門口一臉急忙、身材胖潤的男子。

「花花兒、明姬，妳們過來一下！」水諸慌張的招手。

陸筱詩和薇薇安互看了一眼。

——水諸這慌張的模樣，是發生什麼事情了嗎？但不管是什麼事情，都不能讓準新娘去操心！

薇薇安發現李孝萱正要起身去了解水諸為何慌張的原由，便趕緊向陸筱詩示意了一眼，兩人一起將李孝萱壓回椅子上，用微笑安慰了聲「沒事、沒事」，隨後便和水諸離開新娘室，來到大廳。

紅色地毯的兩邊布置著整排的花柱，入口有人造孔雀做裝飾的鮮花拱門。因為時間未到，兩邊觀眾席零散坐著少許人，還有一些人正在入口的櫃檯做登記。

舞臺前，身穿黑色西裝的東方禹臉色凝重。

陸筱詩一路來到東方禹面前，直接問：「怎麼了？」

東方禹皺著眉，說出不久之前收到的消息：「妳們去換衣服時愛瑪尼打電話過來，說車子在路上爆胎，現在他們正在努力找交通工具趕過來，只是不知道來不來得及，不走運的話可能……」

就算東方禹不說完，大家也猜想得到結果，簡單來說，很有可能要花好幾小時才能到達會場，但到那時也不知道賓客會不會等到不耐煩閃人，況且教堂也有租用時間，說不定今天這場婚禮就會告吹。

「那傢伙可以再給我生些事端來看看！」陸筱詩冷著臉，擺明等當事人來她一定會算帳的模樣。

東方禹苦笑。

「那現在怎麼辦？科斯特和瑪尼哥在一起，如果可以的話，就先用伴娘伴郎彩排當作拖延時間的擋箭牌……只是現在伴郎也少一人，這下該怎麼辦？」薇薇安很苦惱。偏偏現在江陵金在別的地方忙著，不然就可以請她趕去接人了。

「副會長真是的，怎麼老是在重要日子出包呀！」水諸抱頭好崩潰。

「現在只能祈禱他們能趕上。薇薇安、筱詩，妳們先去陪孝萱小姐吧，別讓她太擔心，會場這邊我會和其他人討論該怎麼進行，我再打電話問一下愛瑪尼到哪了。」吩咐完，東方禹掏出手機撥打電話。

「走吧。」薇薇安拉著陸筱詩前往新娘休息室。

另一邊，公路旁的人行步道，幾名穿著西裝的人影正在瘋狂的向前跑。

感覺背後都被汗浸濕了，楊智元脫下白西裝外套掛在手臂上，卻沒停下奔跑的腳步，身後緊接著的是夜景項與科斯特，石川則是留在爆胎車輛那裡等待拖吊車前來處理。

三人已經跑了半小時，很累，但他們不敢怠慢，畢竟今天實在是太重要了，重要到這種日子爆胎差點讓楊智元沒在馬路上大爆粗口。

他們一開始本來想叫計程車，誰知道打電話叫車卻收到滿客的回覆，沒辦法之下他們只能一路狂奔；中途有幾次停下招攬計程車，但全是已載客，最後他們也放棄做這種浪費時間的行為，自己跑不停比較實在。

從公路到商街，距離教堂所在之處用跑的還有兩小時左右，但這樣跑，其實三人都很累了，又不是平常有訓練鐵人三項，誰能狂跑快一小時還不累？

——孝萱一定會恨死我。

楊智元淚目的想。

以前在遊戲裡因為自己的僥倖心態讓李孝萱失望離去，現在好不容易救回的愛情已經要走向最完美的結局，誰知道居然在這時候出包——爆、胎！

哪時不爆偏偏今天爆？他明明昨天才剛車檢完畢的說！

楊智元有種被天整的感覺。

口袋傳來鈴聲，楊智元掏出手機看了一眼來電顯示，氣喘吁吁的接起電話，邊跑邊向東方禹回報目前所在的地點。

「呼……呼……」

科斯特用手抹掉滿臉汗，黑色西裝外套早已披在手上，就連領結都扯掉塞在口袋裡了。

跑步時不拆了這些東西真的會悶死。

夜景項倒好些，可能平常穿慣西裝，所以只是脫掉黑色西裝外套，形象看起來也比其他兩人的狼狽樣要好太多。

就在三人轉彎跑到另一條街道時，科斯特突然想到某件事，喊住其他兩人的腳步。

「等等！」

楊智元和夜景項剎步，還沒做出詢問，只見科斯特扔下一句「這邊來」的話之後就跑回轉角的斑馬線，往偏離主道的對街去。

「等一下！要去會場是往這邊，那邊不是會場的方向啊！」楊智元以為科斯特跑傻了，大喊道。

「我知道，但這裡說不定能借到交通工具！」

聽見科斯特的回喊，猶如見到黎明曙光，楊智元和夜景項趕緊追上科斯特的步伐。沒多久，三人停在一家便利商店前。

科斯特率先進去，頂著滿臉汗詢問櫃檯店員一個名字，店員點了頭，走到儲藏室門口，朝內喊道：「副店長，有人找你。」

沒多久，一名年輕男子從內走出。

他是陳河，是科斯特以前打工時的工作夥伴，也是當時唯一與科斯特算有良好交集的人。如今陳河已經從小店員被提拔為副店長了，現在便利商店的大小事情都是他在處理。

陳河看見科斯特三人的狼狽模樣時先是一愣，隨後上前關心的詢問：「科斯特？怎麼這副模樣？」

「你這裡有交通工具能借用嗎？我們的車子爆胎了，那傢伙趕著結婚。」科斯特喘著氣邊說道，指向身後的楊智元。

陳河歪頭思考說：「交通工具……是有腳踏車……」

「能借嗎？」

聽見夜景項的急切詢問，陳河想了想，向櫃檯內的店員交談了幾句，對方也點頭，拿出一串鑰匙給他，然後陳河又跑去冰櫃前詢問了正在掃地的店員，對方也點頭，拿出鑰匙交給陳河。

「過來吧。」陳河帶著三人來到店門外的停車處，解開其中兩輛腳踏車的車鎖收起。

「晚上六點前還回來就行了，他們還得靠這車回家。」陳河比了比店內。

「好，謝謝！」

楊智元先騎上一輛腳踏車慌慌張張的走了。

夜景項牽著另一輛腳踏車，跨上座墊，右腳踩在踏板上，語氣不知道為什麼變得有些開心的喊：「科斯特上來！」

看看夜景項，又看看腳踏車，再看看那鐵製後座，科斯特挑了一下眉。

老實說，他覺得兩個男人共騎一輛腳踏車那畫面雖然不是說多稀奇，但總是讓他覺得有些疙瘩，尤其夜景項看起來很開心的模樣……何況這腳踏車也沒火箭筒，一路載去他腿不瘦死才怪，側坐也怪詭異。

想了想，科斯特舉手說：「不了，你先去吧，我再請陳河看能不能借到另一輛腳踏車。」

「但你是伴郎……」

夜景項本想再勸，但科斯特卻用另一句話堵他。

「現在時間緊迫，你載我也騎不快。快追上去吧，你可不能在這裡耗時間，不然等等又發生什麼意外，憑那傢伙的衰運是真的很有可能發生。如果我來不及趕到會場，你就先代替我吧！」

對於楊智元在重要時刻總會引發「意外」的運氣，只要是熟人都相當了解。

科斯特的話確實有幾分道理，夜景項衡量後，比起自己覺得載科斯特很有趣，但楊智元趕結婚確實更重要，決定先走一步。

「那、我先走了，借到腳踏車後你也快點過來！」

「小心點！」

科斯特目送夜景項離去後，朝陳河擺出一臉無奈樣，苦笑說：「不用找腳踏車給我了，因為我不會騎。」

陳河愣了愣，哈哈笑出聲，抽出另一串車鑰匙，俏皮的眨了一下眼，道：「我也沒有腳踏車了，不過有浮空機車。如何，願意讓我載嗎？」

騎士努力踩踏，腳踏車高速行駛，騎過大街小巷，最後越過大馬路直直騎進前方的園區小徑。

腳踏車緊急剎車停在教堂邊。

楊智元趕緊下車將外套胡亂穿上就直接跑到門口，推開緊閉的大門——

「孝萱對不起我來晚了！」

楊智元喊完，表情也一瞬間僵愣。

眼前的堂內空無一人，花飾遺落了些許在地上，會場明顯看得出來人群散去的痕跡。

看見這婚禮結束的景象，楊智元傻了，對自己又搞砸痛恨不已。

——那個……孝萱呢？

——孝萱在哪？

——她一定恨死我了！

楊智元抱頭蹲下，頹喪又不知所措。

門口響起緊急剎車聲，夜景項看著教堂內的楊智元，白了他一眼，難掩著急的口氣大喊：「你在這邊做什麼？是旁邊那間啦！」這傢伙是趕路程趕傻了嗎？走錯教堂都不知道！

門外傳來的大喊讓楊智元一個激靈，他趕緊起身跑出教堂，往夜景項示意的方向一看，旁邊距離兩百公尺遠的教堂門大開，遠遠門口擺的照片確實有些像他記憶中的那張婚紗照。

「那這誰的婚禮啊？」

楊智元抱怨的喊了聲，同時急急忙忙的跑向正確的婚禮會場。

夜景項無奈的搖頭，將腳踏車騎到旁邊的空地停下，跟著跑上階梯。

一踏上前庭範圍，楊智元也顧不得其他人的訝異目光，慌慌張張的直往會場內跑去。

「孝萱！」

楊智元來到牧師檯前卻沒看見新娘人影，他團團轉，隨手抓著一個人便問：「孝萱呢？孝萱在哪裡！」

「……在你後面。」

熟悉的女聲從身後傳來，楊智元跟著回頭一看。

牢抓領口的手一鬆，水諸也跟著喘了幾口氣，高舉雙手向人群揮了揮，原本散亂的賓客紛紛回到座位上，隨後他小跑到浴血銀狐身旁坐著，並朝對方露出憨笑。

浴血銀狐沒有多餘表情，只是別開頭，將目光放回隔壁的天戀與牧師檯前的幾人身上。水諸有些尷尬的垂下眼。

夜景項看見某道人影，從牆邊快步走到前座席處，偷偷詢問站在伴郎位的科斯特：「你怎麼在這裡？」

「陳河載我過來。」

「那你剛剛怎麼不給我載！？」

「陳河有浮空機車，你沒火箭筒。」

科斯特簡潔有力的一句理由，打得夜景項心靈受創倒退連連，隨後被旁人拉回座位上坐著了。

「孝萱！」

楊智元快步來到由伴娘陪著的李孝萱面前，因剛才的劇烈運動，胸膛深深起伏著。

看著一臉狼狽又緊張的楊智元，李孝萱有些覺得好笑，嘴角揚起一抹漂亮的隱忍弧度。她伸手替楊智元整理好西裝的領口與領結，並接過陸筱詩遞來的胸花替他別在左胸。她可以感受到對方的劇烈心跳。

「你遲到了。」

短短的一句話讓楊智元更緊張了，他很懊惱：「對不起……」

結果不論是從前還是現在，他只想到這句話能說，就算現在李孝萱轉頭就走他也不覺得奇怪，畢竟他老是在重要時刻出差錯。

「不過這次你趕上了。」

楊智元一愣，眼眶囤積淚水，有感動與歉意。

用手掌掩臉抹掉那些難看的表情與情緒，楊智元重新露出溫柔的笑容來面對眼前這即將與他度過一輩子的女子。

楊智元伸出手，李孝萱微笑的將手搭上。

幸福無以言喻。

「好了、好了，新郎快點過去站好。」薇薇安笑著推推楊智元，隨後向場內的東方禹與科斯特招手：「伴郎過來，從頭開始吧！」

教堂門打開，室外光線將紅毯照出一片柔和光暈，隨著柔和琴聲，眾人目光緊鎖於從外走進的男女，科斯特與薇薇安、東方禹與陸筱詩，兩對伴郎伴娘一前一後的慢慢走到牧師臺檯前定位。

在穿著花童衣的兩名男女小娃的引領下，李孝萱由李爸牽著走上教堂的紅毯。心臟跳得飛快，李孝萱覺得有些緊張，目光不由自主的放在牧師檯前的楊智元身上，看著對方的笑容，兩人的距離越來越靠近，近到只剩一步之差，李爸牽起兩人的手相放，拍了拍楊智元的背，便回到李媽身旁坐著了。

「要不是我們已經脫離孩童年紀，照理來說花童應該是我們兩個。」長相與身形已經脫離稚童年紀，身穿一襲粉紅洋裝的林座敷捧著臉，發出羨慕的嘟囔。

「就是說呀，十四歲不能當花童嗎？」身穿白衫與黑褲的林柼木不滿的問。

「十四歲還叫『童』嗎？」

「說得也是。」

兩人嘰嘰喳喳偷聊天的時候，前方的牧師也開始宣告結婚誓言，楊智元與李孝萱自然點頭說出「我願意」，隨後拿起科斯特捧來的結婚戒指相互替對方戴上。

座席裡的李爸和李媽已經不捨的紅了眼眶，明明一直催女兒結婚，結果沒想到這婚結了卻是滿滿的不捨，父母的心情真的很矛盾。

「副會長，娶到了荻莉麥亞可得好好待人家啊！不然整個公會可不會放過你喔！」劉漢起身高呼，獲得在場人士一片叫好。

「不用你說，我會！」楊智元不甘示弱的回喊。

底下立刻哨聲與笑聲交雜，就連檯上的牧師也輕笑出聲，隨後低咳了聲，宣布：「恭喜兩位正式成為夫妻，新郎可以親吻新娘了。」

雖然兩人之前不是沒接吻過，不過這樣公開親吻，實話講楊智元其實有些不好意思。他注視著李孝萱，臉也跟著慢慢熱起來，當他正要低頭時，誰知道李孝萱竟更快的直接踮起腳朝他的嘴親了一下。

當下會場又沸騰了。

「年輕自主新女性的代表！」

「副會長你慢了哈哈哈……」

諸如此類的話語在會場內響起。

「喂喂……」楊智元的臉紅了一片，雖然接吻的原因占一部分，但更多的是他覺得眼前的妻子實在是太可愛了。

李孝萱瞇起的眼像月牙彎彎的，相當漂亮。

「終於結婚了。」李孝萱說。

楊智元垂下眼，牽起李孝萱的手親吻，「是呀，終於結婚了。」

過往經歷的許多風雨都成了回憶，原本以為早已失去的緣分竟能重新牽起，他們終於正式成為了夫妻，今後將真正的攜手共度一生。

「恭喜結婚了，荻莉麥亞（孝萱）、副會長（智元）！」

所有人紛紛給予熱烈的掌聲與祝賀，為這對新人獻上最誠摯的祝福。

「謝謝。」李孝萱露出微笑，晃晃手上的捧花，「大家準備好了嗎？到戶外去吧！」

丟捧花的時刻到了，場內的人也喧鬧著來到教堂外，男生們當然不好意思跟女生們搶捧花，就站在旁邊沒擠進人群裡。

一群女生站在階梯前的草坪，林座敷也在其中，還抓來林杕木要他幫忙搶。

「準備好了嗎？」

「好了！」所有人張開雙手蓄勢待發。

李孝萱背過身，握著捧花數著：「一——二——三！」

隨著拋高的雙手，純白的桔梗捧花形成一道拋物線劃過半空——

女生們眼巴巴的望著天上的捧花伸長雙手——

捧花旋轉著，原本正要落下，誰知此時竟然一道風起，將半空的捧花吹離原有軌道，然後「咚」的一聲，擊中某道人影。

女生們紛紛倒抽一口氣，看著科斯特摸著後腦，轉身撿起地上的捧花。

「居然是科斯特！？」薇薇安驚呼。

捧花不是自己接到，大家都很失落，但站在拋接區域外的男生接到捧花，這戲劇化的變化也令所有人感到驚奇。

「這……」

科斯特看著手上的物品，不知道該交給誰，想想自己拿著也有些尷尬，還有一群人用著失望的目光盯著他瞧，他只好上前詢問：「誰要？」

不等女生們回應，東方禹和夜景項竟搶先擋在人群前方，伸出手說：「交給我吧！」

「搶什麼啊你們兩個！」科斯特難得覺得眼前這兩人的行為實在幼稚，跟女生搶捧花做什麼呢？

「我很有誠意，也會給你幸福，從小培養的感情最深刻！」東方禹一臉認真誠懇。

「我更有誠意，且對你的工作有幫助，我還能開車載你四處旅遊！」夜景項毫不認輸的提出自己高人一等的優勢。

「你們到底……」科斯特覺得好氣又好笑。這兩個傢伙到底在搞什麼？

「若真要比，我可是兩項具備，不只和科斯特擁有長年友誼，同時也兼任經紀人，何況我們還住在同層樓裡，說是同居也不為過。」穿著灰色西裝的石川從一旁走出，來到科斯特身旁，露出一貫的微笑。

「石川？你怎麼過來的？」科斯特訝異問。

「修車廠那邊讓小陳先幫忙看一下，我開他的車子過來，等等我直接載你去飯店。」

「我也能！」東方禹和夜景項同時舉手爭取道。

「據我所知，兩位似乎沒有一個能共乘的交通工具。」石川說得彬彬有禮，但這話實在是一針見血。

本來就不是A市人的東方禹是水諸開車從車站載來的，而夜景項更別說了，那輛停在旁邊的腳踏車還是借來的，且連個踏腳的火箭筒都沒有。

東方禹和夜景項哀怨得像是深宮怨婦，他們深深覺得眼前這個面露溫和的男子其實也是很邪惡的。

「別跟他們一起鬧了。」科斯特露出無奈的笑容，看著手中的捧花，白色的花瓣因剛剛的拋甩而掉落了些，但整體還是保持著高度美感。想了想，科斯特宣布：「我看這花我就自己收著吧，這樣沒爭議了吧？」

女性們雖然也想拿捧花，但也並非很執著，既然命運安排科斯特接到，那對方當然有資格做任何處置，畢竟接到捧花是一回事，大家真正參與的是這股幸福的氣氛。

聽見科斯特要自留，三名男士露出不同程度的失落表情，到底出自於真心還是只是隨著氣氛玩鬧，只有自己心裡明白。

「總之，荻莉麥亞，新婚快樂！」科斯特高舉捧花，祝賀。

站在階梯上的李孝萱和楊智元相視而笑，接著宣布：「走吧！飯店集合！」

晚上的喜酒宴結束，與其他人道別後，科斯特由石川接送回公寓。

「那我先進去了。」

「明天見。」

石川與科斯特各自回到自己的屋內。

科斯特脫下鞋子放進鞋櫃裡，將手中披著的西裝外套隨手放在沙發上。接著，他拿著捧花進到房間，來到床邊的矮櫃前。

矮櫃上放著兩個相框，一個框裡是他與碧琳在櫻花樹下的合影照片，另一個則是碧琳在醫院時的獨照。

將捧花放在相框前，科斯特屈膝跪坐，注視著照片中的人，溫柔的笑了。

「碧琳，荻莉麥亞和愛瑪尼終於結婚了呢，只是我沒想到這捧花竟然會被我拿到……送給妳吧。」

無法延續的幸福，他只能倚望相片。但無所謂，這樣就夠了，至少不是什麼都沒留下。

「妳一定也看著吧，那兩人結婚時的模樣，真的相當的幸福。」

好朋友獲得圓滿的結局，一起走向人生的另一階段，沒有什麼是比這更讓人開心的了。

「對了，還有這個……」

科斯特從口袋掏出一個裝著記憶卡的小盒子，並打開抽屜拿出一臺手持ＤＶ。他取出盒內的記憶卡插進ＤＶ的旁孔裡，並將ＤＶ放在捧花旁，螢幕轉向照片。

他按下播放鍵，小小的視窗裡是穿著禮服的李孝萱與楊智元，兩人對著鏡頭揮了揮手。

「青玉，我們終於結婚了！」

宣告，從影片中傳出，隨後是好幾個人從後方冒出頭，仔細一看全是白羊之蹄的人，大家朝鏡頭嘰嘰喳喳說著許多興奮的話語，但不外乎都是獻給少女的話，楊智元的求婚、籌備婚禮時大家做了些什麼計畫，還有今天楊智元居然路上爆胎差點搞砸婚禮之類的——無法到來的人，希望她也能一起參與其中。

科斯特坐在床邊，細細的聽著影片裡傳出的歡樂笑聲。

『恭喜你們結婚了，荻莉姐、副會長，一定要幸福呦！』

彷彿能聽見那少女如此說著，科斯特微笑的垂下眼。

番外　【楊智元、李孝萱】遲來的婚禮　完

《創世記典 Online 萬聖嘉年華：我的王者變公主？！》完

系作者蒼漓★超新星繪師生鮮P、touko聯手打造經典虛擬網遊世界
幻魔
Shaswahn Story Online II
降世
返創世★我們在這裡等你
「我一直都在，在哥哥心裡，在哥哥的回憶裡。」
扉空從崩潰中重新站起，回歸那座美麗的世界，
踏上青玉曾走過的旅程，沒想到看見的竟是……!!!
「哥哥，請你，一定要過得幸福。」
「扉空哥，我不怕被吃豆腐，來抱著我哭吧！」
「科斯特～I ♡ YOU～」
全套七集，全國各大書店、
網路書店、租書店，持續熱賣中！
勇敢迎向未來——
新旅途、新朋友、新世界，遊戲重新啟動！
典藏閣
華文聯合出版平台
www.book4u.com.tw
采舍國際
www.silkbook.com
不思議工作室
立即搜尋
版權所有© Copyright 2015

飛小說系列153

創世記典Online萬聖嘉年華：我的王者變公主？！

出版者■典藏閣
作　者■蒼漓　繪　者■touko
封面設計■Chenwen.J
總編輯■歐綾纖
製作團隊■不思議工作室
郵撥帳號■50017206 采舍國際有限公司（郵撥購買，請另付一成郵資）
台灣出版中心■新北市中和區中山路2段366巷10號10樓
電　話■(02)2248-7896　傳　真■(02)2248-7758
物流中心■新北市中和區中山路2段366巷10號3樓
電　話■(02)8245-8786　傳　真■(02)8245-8718
ISBN■978-986-271-718-9
出版日期■2016年11月

全球華文國際市場總代理／采舍國際
地　址■新北市中和區中山路2段366巷10號3樓
電　話■(02)8245-8786　傳　真■(02)8245-8718

新絲路網路書店
地　址■新北市中和區中山路2段366巷10號10樓
網　址■www.silkbook.com
電　話■(02)8245-9896
傳　真■(02)8245-8819

☞您在什麼地方購買本書？☜

1. 便利商店（ ________ 市／縣）：☐7-11 ☐全家 ☐萊爾富 ☐其他__________

2. 網路書店：☐新絲路 ☐博客來 ☐金石堂 ☐其他__________

3. 書店（ ________ 市／縣）：☐金石堂 ☐蛙蛙書店 ☐安利美特animate ☐其他____

姓名：__________ 地址：____________________

聯絡電話：__________ 電子郵箱：____________________

您的性別：☐男 ☐女 您的生日：西元________年________月________日

（請務必填妥基本資料，以利贈品寄送）

您的職業：☐上班族 ☐學生 ☐服務業 ☐軍警公教 ☐資訊業 ☐娛樂相關產業 ☐自由業 ☐其他__________

您的學歷：☐高中（含高中以下） ☐專科、大學 ☐研究所以上

☞購買前☜

您從何處得知本書：☐逛書店 ☐網路廣告（網站：__________） ☐親友介紹
（可複選） ☐出版書訊 ☐銷售人員推薦 ☐其他__________

本書吸引您的原因：☐書名很好 ☐封面精美 ☐書腰文字 ☐封底文字 ☐欣賞作家
（可複選） ☐喜歡畫家 ☐價格合理 ☐題材有趣 ☐廣告印象深刻 ☐其他__________

☞購買後☜

您滿意的部份：☐書名 ☐封面 ☐故事內容 ☐版面編排 ☐價格 ☐贈品
（可複選） ☐其他

不滿意的部份：☐書名 ☐封面 ☐故事內容 ☐版面編排 ☐價格 ☐贈品
（可複選） ☐其他

您對本書以及典藏閣的建議____________________

____

____

✌未來您是否願意收到相關書訊？☐是 ☐否

✎感謝您寶貴的意見✎

印刷品

$3.5

請貼
3.5元
郵票

不思議信箱
FUSIGI POST

235 新北市中和區中山路二段366巷10號10樓

華文網出版集團　收

（典藏閣－不思議工作室）

創世記典Online萬聖嘉年華：
我的王者變公主?!
Novel 蒼瀾 Illust touko